占い師オリハシの嘘2

偽りの罪状

なみあと

講談社
タイガ

イラスト――美和野らぐ
デザイン――たにごめ（ムシカゴグラフィクス）

目次

始 …… 7
第一章　血まみれの友情 …… 9
第二章　失われた首飾り …… 127
第三章　金の卵を産む鵞鳥 …… 205
終 …… 264

占い師オリハシの嘘 2

偽りの罪状

始

占い師オリハシ。「よく当たる」と巷《ちまた》で話題の女占い師で、一般人からはもちろんのこと、芸能人や政財界関係者からも日々依頼が舞い込んでくる。

メールや専用ウェブサイトを通じて依頼を受ける、最近珍しくもないオンライン特化型の占い師で、星の巡りやカードなど、彼女の扱えるいくつもの方法を用いて依頼者の運勢を診断する。彼女の占いは、依頼者の運勢だけではなく心すら見通すようだという人もおり、彼女を頼ればよりよい未来を教えてくれるとされる。

ゆえに人気は高く、サービスは好評で、リピーターも多い。しかし――

失踪癖《しっそうへき》があり、妹の折橋《おりはし》奏《かなで》がたびたび代役を務めていることは世に知られていない。

第一章

血まみれの友情

甲が乙に講義の代返を三回依頼するとき、甲は大学の学食で乙に一食分のランチセットを奢《おご》ること。

そんな契約書を正式に交《か》わしたわけではないが、折橋奏《おりはしかなで》とその学友である拝郷三矢子《はいごうみやこ》の間には、いつの頃からかそんな決まりができていた。法外な対価ではなく、かといって大学生の懐《ふところ》事情を踏まえれば多用できるほど安価とも言えない。怠け心に対する抑止力にもなり、ちょうどいい塩梅《あんばい》の契約だ——と、少なくとも奏の方は思っている。

曜日は月曜、現在時刻は午後一時五分。大学の時間割としては三限目が始まって間もなく、学食には授業を取っていない学生たちがやや遅めの昼食を取るため姿を見せる時間帯。奏もまた、拝郷を連れて学食にいた。

いま、奏の前には月見そばが、向かいの拝郷の前にはエビフライカレーセット（味噌《みそ》汁《しる》・サラダつき）がある。夏場、汗をかきながら学食の辛口《からくち》カレーを食べる友人の姿に、よくこうも暑いのに辛いものなど食べられるなと感動したものだが、十月に入り秋めいてきた今日この頃ともなれば、奏の感覚にも一般的なランチに思える。

代返の前払いとして奏が拝郷へ奢った昼食。彼女は「いただきます」と手を合わせ、スプーンを手に取ると、

「つまり、奏は」

奏の置かれた現状を、一言で要約してくれた。

「また、占い師オリハシの『代役』を務めることになったわけだ」

「左様でございます」

理解が早い友人を持つと助かる。頷《うなず》きながら割《わ》り箸《ばし》を割ると、ぱき、といい音がした。

——占い師オリハシ。それは奏の姉、折橋紗枝《さえ》の芸名だ。

よく当たると評判の、若い女占い師。人並み外れた霊感を持つとされる彼女の素顔は謎《なぞ》に包まれていて、そのミステリアスさが余計に世の人々の注目を集めている。人が腹の底に隠した秘密すら見透かすその目と腕前は「神懸り」とすら称されて、ときに恐怖の、ときに畏怖《いふ》の対象となっている。とはいえ実際のところを言えば、姉は神でもなんでもない。ただ、神と見紛《みまが》うほどにひどく鋭い、直観、直感、ひらめき、第六感、勘……そういったものの持ち主で、依頼人の悩みの本質を見抜いてはその解決となるような言葉を告げているのだ。だから、彼女の占いはよく当たる。

ただし彼女は、その思考プロセスを他人に説明することができない。いわば「極端な説明下手」である。なぜそういう発想に至ったかという理屈づけ、頭の中で導き出した結論に至るまでの過程を他人に説明する能力が極端に低い。姉が占い師という職業を選んだのは、結論に至る過程の説明が「そう星の巡りが申しております」などと伝えるだけで誤魔化せるというメリットを見出《みいだ》したからだった。

　さてその姉だが、妹である奏に占い師オリハシとしての仕事を任せてふらりと旅立つときがある。そういうとき、奏は占い師オリハシの代理、あるいは代役として占いをし依頼人を導いている——ただし、残念なことに、奏には姉のような力はない。だから能力や依頼人の依頼を聞き、ときに素性を調べ、悩みの根源を推測して、占いを告げるのである。

　奏の姉こそが本物の占い師オリハシであり、奏はときどきその代役を務めている。——拝郷は、そのことを知る数少ない一人だ。

「それで」

　奏が蕎麦《そば》を啜《すす》るとき、拝郷はカレーをスプーンで掬《すく》う。奏が月見の黄身を潰《つぶ》したとき、拝郷はフォークをエビフライに突き刺しながらこう尋《たず》ねた。

「今度はお姉さん、どこに行ったの?」

「さあ」

「さあって」

　他人事《ひとごと》のような返事になった自覚はあった。

　案の定あきれ混じりの答えがあり、慌てて補足する。

「あ、でも大丈夫。今回は連絡取れるようにしてるし、時間空いたときにちゃんと返事するって約束もしてるし。あのときみたいなことにはならないよ。大丈夫。本当に」

「折橋姉妹の信用できないレベル、ヤバいよね」

拝郷が心配しているのは、先の六月頃、小さな誤算から、奏がほんの少しだけ危ない目に遭ってしまったときのことだ。姉と連絡が取れず、奏が勝手に動いた結果、ちょっと――そう、ほんのちょっと。オリハシの依頼人の家に行って家探ししたり刃物を持った女と対峙《たいじ》したり、宗教施設にカチコミかけたりすることになったときのこと。

そもそもあれはすべて、諸々《もろもろ》の誤算や、奏と姉の不注意が重なった結果起きてしまった、つまらないアクシデントに過ぎない。奏は謝罪会見よろしく深々と頭を下げ、

「弊オリハシ業は、トラブルには再発防止策を講じ、以後徹底した対応をしております」

「オリハシ業って何」

お客様の安心こそナントカカントカ。

事実、今回は不測の事態に備え、姉には「いくら多忙であっても連絡の取れる状況だけは作っておくように」と伝えているし、同時に奏の居場所も随時、姉に伝わるようにしている。

しかし誤算だろうが何だろうが、過去に確かに奏の身に起きたことだ。そんな前科で失ってしまった信用は、いまなお回復していないらしい。拝郷からは、信じがたいと雄弁に

語る視線が——いや、

「本当かなぁ」

視線だけでなく口でも言った。

「奏が危ない目に遭ったら、わたしも……わたしだけじゃない。奏の大好きな『修二《しゅうじ》さん』だって、心配するんだからね」

自分だけでは抑止力として不足していると思ったか、拝郷は奏の想《おも》い人《びと》の名も口にした。

森重《もりしげ》修二。姉の学生時代からの友人で、奏の保護者を気取っている、オカルトオタクの雑誌記者。奏の求愛を何年にもわたってはぐらかし続けてはいるが、彼なりに大事に思ってくれてはいるようだ。

「奏だって、好きな人に不安そうな顔なんてしてほしくないでしょ?」

「心配する修二さん、ねぇ……」

思い浮かべてみる。奏の身を案じ、青ざめる想い人の姿。言葉少なに、沈鬱《ちんうつ》な眼差《まなざ》しで、食事もまったく喉《のど》を通らず、ただひたすらに奏の無事だけを祈っている——

奏は音を立てて蕎麦を啜った。

「想像だけで白米五合食べられそう」

「とにかく、危ないことはしないでよね」

無視することにしたようだった。

やれやれ、と拝郷はカレーを口に運び、

「それに、最近——」

恐らく小言を続けようとしたのだろうが、なぜだかそれが途切れた。

押し黙り、いくら待てども続く言葉がないので、先を促《うなが》すことにする。

「最近、何？」

拝郷の眉間《みけん》に、きゅうと皺《しわ》が寄る。失言だったとでも言いたそうな顔。

「ごめん、たいしたことじゃない」

「ええっ、気になる。言って」

「奏が聞いて気分のいい話じゃないから、やめたの」

「言いかけてやめられる方が気になるよ」

「でも……」

「まぁとにかく、食べて食べて。今日はわたしの奢りだから。よっ大統領」

空腹は人の心を閉ざしやすくする。奏が囃《はや》し立《た》て、拝郷がしぶしぶながら新たな一口を運んだと同時、

「それでハイゴー、どういうこと？」

「まったく奏は、こういうときばっかり調子がいいんだから」

テーブルに身を乗り出して先を急《せ》かすと、拝郷はゆるゆると首を振った。根負けした様子でとげのある言葉を吐《は》きながら、隣の椅子《いす》に置いたバッグからスマートフォンを取り出す。

テーブルの上に置き、空いた左手で操作。何かのアプリを立ち上げると、

「もしかしたら、もう知ってるかもしれないけど」

スマートフォンを奏に向けて差し出した。画面に映っていたのはあるＳＮＳのアカウント。正確には、ＳＮＳに誰かが投稿した文章だ。

その文章の冒頭には、ひときわ大きい太文字でこう記されていた。

宗教団体「希望のともしび」寄付金横領事件の黒幕は占い師オリハシだった？

＊＊＊

「あのでたらめ記事、いったいどういうことなのよ！」

同日夕刻、折橋家にて。

リビングのローテーブルを力いっぱい殴りつけ、そう叫んだのは家主——ではなく、客人の左々川《ささがわ》だった。

左々川千夏《ちか》。折橋紗枝を「オリハシ先生」と呼び、まさしく力のある占い師として慕《した》う警察官。修二とは相性が合わず頻繁に口喧嘩《くちげんか》をしているが、基本的にはいつも冷静で、奏にも優しく接してくれる、大人びた雰囲気の落ち着いた女性である——が、残念ながら本日に限っては、周りを気にする余裕はないようだ。

左々川のこめかみにはファンデーションの上からでもわかるほど青筋がはっきりと浮き、目は血走り、頬《ほお》は引きつって震えている。握り締めたこぶしも固く、彼女が激怒していることがよくわかった。

奏は左々川の前に、砂糖とミルク多めのコーヒーを差し出した。

「まぁまぁ、左々川さん……これでも飲んで、落ち着いて」

「ありがとう奏ちゃん。でも、奏ちゃんには悪いけど、この状況で落ち着いていられるわけがないのよう」

「落ち着けよバカ川。お前が騒いでもどうにもならないだろうがバカ川」

「馬鹿《ばか》馬鹿馬鹿馬鹿馬鹿うるっさいのよ森重修二！」

「修二さんも火に油を注ぐようなことを言わないでください……」

「にゃあ」

テーブルの下で寝ていた折橋家の愛猫・ダイズが、「うるさいよ、お前ら」と抗議するように短く鳴いて、のそのそと廊下へと去っていった。

奏が本日、昼食を拝郷に奢ったのは、「代役」の依頼が入っており午後の授業を欠席するためだ。キャンパスで拝郷と別れて帰路につき、いつものように依頼の手伝いに来てくれる修二を自宅で待っていると、インターホンが鳴った。約束の時間には早いなと思いつつ、画面で来客の姿を確認すると、そこに立っていたのは修二ではなく――

それに遅れること二十分。

折橋家を訪れ、左々川と顔を合わせた修二の表情は、筆舌に尽くしがたいものがあった。

「何が『黒幕』よ、何が『真の悪』よ！　先生があのときどれだけご苦労なさったか、知らないくせに！」

憎らしい、憎らしいと怨嗟《えんさ》のように呟《つぶや》きながら親指の爪《つめ》をがりがりと齧《かじ》る左々川を見ながら、奏はテーブルに置かれたコピー用紙を一枚手に取る。カラー印刷されたＡ４サイズの冒頭に目を落とすと、それにはこんなことが書かれていた。

宗教団体「希望のともしび」寄付金横領事件の黒幕は占い師オリハシだった？
今年二月に起きた、新興宗教団体「希望のともしび」幹部の謎の一斉解任。信者からの寄付金を多額に横領していたという痛ましい事件がその裏にあったことは報じられたとおりであるが、あの有名占い師オリハシがその片棒を担いでいたという噂《うわさ》をご存じだろうか。わたしは現在、次回作のための取材を行っているが、その中で新興宗教団体「希望のともしび」の騒動に関し、当時、教団の本部施設に出入りする見覚えのない女性がいたという証言を聞いた。また、その「見知らぬ女性」がかの占い師オリハシであったのではないかという疑惑がある。彼女は自身の持つ能力を使い、団体幹部を洗脳し、操作して私腹を肥やしていたのではないだろうか。現在、元幹部らに対し警察の調査が行われているが、真の黒幕はまだ野に放たれたままの状態となっている可能性がある……

筆者の名前は「カンジョウ」と書かれていた。本業が文筆家かそれに近い仕事をしているのだろうか、証拠などないただの疑惑、妄想をさも事実と思わせるかのような書き方をしている。

「あまりに腹が立ったからコメント欄を荒らしたらブロックされたわ」

「それでいいのか警察官」

修二があきれたように呟くが、左々川は無視した。

「奏は記事のこと、驚かないんだな。もしかして、知ってたか?」

「たまたま、今日。友達……ハイゴーから聞きまして」

修二は奏の友人である拝郷のことを知っている。だからそう伝えると、「拝郷さんが」と険《けわ》しい表情で呟いた。

発言を許されたような気がして、せっかくなので続ける。

「修二さん、このカンジョウさんっていう人のことは知ってますか」

「いいや。この記事で初めて見た名前だ」

尋ねると、修二はそう言って首を振った。同業ではないということか。奏と修二の会話に漂う落ち着いた雰囲気が不満だったか、左々川が「そのペテン師がどんな物語を書いていようと、いまはどうでもいいわ」と割り込んだ。

「問題は、そのどこの馬の骨ともわからないやつが書いたブログを信じつつある人がいるってことよ。オリハシ先生の同業者の間にも、それを支持する人が出始めているようだしね」

「同業者？」

奏が繰り返すと、左々川は深く頷いた。オリハシの同業と言えば、占い師ということか。それはあまり歓迎されたことではなさそうだ。

「だいたい、森重修二。あなたもあなたよ。三流記者とはいえ、仮にもオリハシ先生を追いかけて記事を書いている者として、彼女をこんなふうに言われて何とも思わないっていうの？」

「……友人を虚仮《こけ》にされて、何も思わないほど落ちぶれちゃいないけど」

修二の声色に、ほんの一瞬、静電気のようなものが走る。怒りに支配された左々川はそれに気づかず、奏は気づいているものの気づかないふりをした。

修二は動揺のかけらも見せない手でマグカップを取り、コーヒーを飲んだ。

「それでも、占い師オリハシほど世に知られた人間なら悪評を書き立てられるのは珍しいことじゃない。知名度なんていうのは振り子のようなもので――」ちらりと左々川を見、「その中にオリハシ『先生』と敬《うやま》い持ち上げる熱狂的なファンがいれば、その分、どうにかして貶《おとし》めてやろうと思うアンチもいる。世の中、『みんな仲良くしましょう』なんてきれいごとが通用するわけないことくらい、お前だってよくわかってるだろうが」

「……腹立たしいわ」

それは記事に対するものか、わかったような顔で説教をする修二に対するものか。ささやくようだったが、低い唸《うな》り声にも似ていた。

「ま、この三流ライターの思惑を、三流記者の俺が推測するなら。有名占い師であるオリハシに喧嘩を吹っ掛けることで話題性のある存在になろうとしてる、それだけの話に見えるがね」

それだけの話。真の意味で支持者を得ている占い師オリハシとは異なり、話題に飽きられれば消えてしまうような何者かだ、と暗に言った。

「そしてそれに乗っかって騒いでいる馬鹿、もとい『同業者』も同じことさ。つまりこれは奏が気にすることじゃないし、折橋姉にとっても以下同文だ。ましてや左々川、お前が首を突っ込むことでもない。この記事の作成者が極めて危険な思想の持ち主で公安がマークしているとかいうのならまだしも、世間で少し名が知られてる程度のやつをお前が構う理由はないだろう」

「あるわよ」

「『私怨《しえん》』以外で」

黙った。

「というわけで、この話はここで終わり。余計な心配している暇があったら、さっさと仕事に戻れよ左々川。ナントカの考え休むに似たり、って言うからな」

「馬鹿に馬鹿って言われたくないわ。言われなくたって帰るわよ、馬鹿」

「馬鹿に馬鹿っていう方が馬鹿なんだぞバーカ」

「キィッ腹立つっ」

テーブルを挟んで行われる二人のやりとりは相変わらず騒がしく、相変わらず和解の道は遠そうだ。二人の気を逸《そ》らすために、「ねえ、左々川さん」と名を呼んだ。

「最近のお仕事は順調？」

「おかげさまで。そうそう、オリハシ先生には『希望のともしび』の件でお世話になったし、改めてお礼をさせていただきたいなと思っているの。奏ちゃんにも尽力していただいたから、もしよかったら今度お食事でもどうかしら」

「やったぁ」

「わたしとオリハシ先生と、三人で」

「例の件には俺も同行したが？」

「あらそうだったかしら」

「左々川さん。あのときの信者さんたちは元気？」

また睨《にら》み合《あ》いを始めそうな二人へ、続けて話題を振る。左々川は修二から顔を逸らし、奏を見るとにこりと笑った。

「ええ。しばらく気落ちしていた人もいたようだったけれど、オリハシ先生に救ってもらったというのが心の拠《よ》り所《どころ》になったみたいで、みんな前を向けているって聞いたわ。それから……そう、満倉《みつくら》さんや鏑木《かぶらぎ》さんも。元気にしているみたいよ」

満倉行信《ゆきのぶ》と、鏑木奈々《なな》。それは「希望のともしび」の騒動とはまた別の、とある事件の関係者であり、占い師オリハシが助けた人たちの名前。

「うん……そうよ、オリハシ先生はそのお力で、たくさんの人を助けてるのにね。それがどうして、こんな書かれ方をしなきゃいけないのかしら」

悲しげに項垂《うなだ》れたが、それもほんの一時のことだ。左々川は顔を上げると、「奏ちゃん」と呼んだ。そっと、奏の両肩に手を添える。

「気をつけてほしいのは、先生もそうだけど……奏ちゃんも。危ない考えの人や、悪意を持った人はあちこちにいるから、もし身の回りに不審なこととか不安なこととか、何かあったらすぐに連絡してね。力になるわ」

「うん。ありがとう、左々川さん」

「あなたたちの周りには、ただでさえ怪しい雑誌記者もうろついているわけだしね」

「折橋直々に留守を託されている人間に対して、なんていう言い草だ」

左々川は奏から手を離すと、勢いよく修二を振り返った。肘《ひじ》を伸ばし、人さし指を真《ま》っ直《す》ぐに彼へ向ける。

「いまに見ていなさいよ、森重修二！　いつかオリハシ先生から、あなたよりはるかに大きな信頼を勝ち取って、吠《ほ》え面《づら》かかせてやるんだから！」

「そうか頑張れ。ところで左々川、一つ言わせてもらってもいいか」

「何よ」

「玄関はあっちだ。さっさと帰れ」

「覚えてなさいよ！」

絵に描いたような捨《す》て台詞《ぜりふ》を残し、左々川は折橋家を後にした。

玄関で左々川を見送った奏がリビングへ戻ると、修二が晴れ晴れとした笑顔でクッキーの小袋を開けたところだった。「まったく左々川め、粘《ねば》りやがって。ようやく帰ったか」と弾んだ声を上げる彼に、相変わらず仲良くする気はないんですねと言いかけたとき、

「これでお前も落ち着いて、オリハシ代役の仕事ができそうだな」

「えっ？」

さらりと彼が呟いた一言に、奏はつい驚きの声を上げた。

「もしかして修二さん、左々川さんに冷たく当たったのは、わたしが仕事に集中できるよ

うにするためだったんですか」

左々川にとって占い師オリハシとは折橋紗枝のことで、奏が稀《まれ》に代役を務めているなどとは夢にも思っていない。オリハシの仕事部屋と来客を迎える部屋を分けているとはいえ、近くにいると集中できないだろうと慮《おもんぱか》り、敢《あ》えて自分が悪者になることで左々川を追い払ってくれたのか――と推測したのだが。

きょとん、と一拍、間があって、

「あ、じゃあ、そういうことで」

そういうこと、とは。

「本音は？」

「あいつを視界に入れることすら不快だったので」

通常営業だった。

修二はソファに置いていた自分のスマートフォンを取り上げた。「あいつの話はともかく」と切り上げ、

「そろそろ約束の時間だろう。準備しなくていいのか」

「あ、本当だ」

修二が奏に向けたスマートフォンのロック画面は、約束の十五分前を表示していた。

急いで仕事の準備をしなければ。小道具と衣装の準備、パソコンの起動、それから——

「んにゃあ」うるさいのがいなくなったな遊べ、とばかりに猫じゃらしを咥《くわ》えてリビングに戻ってきたダイズのことは、取り敢えず修二に押しつける。

「だけど修二さん、わたしの代役業のこと、よく認めてくださいましたね」

「認めた?」

「ええ。この間、『これ以上、奏にこの仕事をさせるな』って、お姉に抗議していたじゃないですか」

修二はあの事件のあと、姉に対し、奏がどれだけ姉のことを心配していたか、そのせいで奏をどんなに危険な目に遭わせたかということを懇々と説教していた。また同じような危険があるのなら、自分はオリハシの代役業には二度と協力しないとまで言っていた時期もあった。

しかし、修二は姉との何度かの話し合いののち、奏の代役業を認めたようだった。二人の間でどのような交渉、説得、もしくは買収が行われたのか、奏は気になって仕方がないが、修二は頑として教えようとはせず、姉も「そのうち奏ちゃんも気づくと思うから大丈夫」とにっこり笑うだけだった。

「あ、ああ。そのことか」

「いつでもちゃんと連絡を取れるようにする、って約束は確かにお姉としましたけど。修二さんが納得したのって、本当にそれだけが理由ですか？」

昼の拝郷との会話を思い出す。あの彼女ですら、安全面においてさんざん疑っていたのだ、彼女以上に折橋姉妹をよく知る修二が、それだけで納得したとは考えにくかった。他《ほか》に何か条件があったのではないか……奏に話せない何かが。

しかし修二は相変わらず、何を語ろうともしない。

「お前が気にすることじゃあ、ない。折橋から納得のいく回答を得られたから、引き続き協力することを約束したまでだ」

「じゃあ何かあったのは確かなんですね？　お姉に何を言われたんですか？」

「……ほら、いいから行ってこい」

しっしっと追い払うように手を振られる。

答えが得られず奏としてはたいそう不満だけれど、約束の時間まで余裕がないのもまた、事実である。

修二がこうも口を割らないのは怪しいと言えば怪しいが、修二も姉も、奏が心から嫌がるようなことはまずしない。そして姉が「いずれわかる」と言うのなら、その「いずれ」を待つしかないのだろう。半《なか》ば無理やりそう納得して、奏は頭を切り替えることにした。

「じゃあちょっと、行ってきます」

「ああ」

ひらひらと手を振る修二は、奏の追及を逃れられて、明らかにほっとした表情をしている。だけどそれには気づかないふりをして、奏はリビングを出た。その顔がどことなく満足そうでもあったのは不思議だが、いずれにせよ、オリハシ代役の件で、姉と何かの交渉が行われたのは事実だろう。あれで隠しているつもりなのだから、まったくお笑い草である。

まったく彼は、相変わらず隠しごとのできない人だ。そう思って、奏は少しだけ笑う。彼の吐くどんな誤魔化しや偽りも、すぐに奏は気づいてしまう。そう、修二のどんな嘘《うそ》も、隠しごとも――

彼が秘めたつもりでいる、折橋紗枝への恋心すら。

奏がどう捉《とら》えたらいいものか判断に困る噂話が世間に流れていようがいまいが、また姉と修二の間にどのような密約が交わされていようが、いまのところ変わらず占い師オリハシには依頼が来るし、奏は姉から占い師オリハシの代役を頼まれている。

世間に出回るオリハシの噂がまったく気にならないわけではないが、拝郷が心配し、左々川が憤慨《ふんがい》し、修二が内心怒っているので、奏の分の「心乱される枠」はないような気がするのだ。それに、余計なことを抱《かか》えながら仕事ができるほど、奏は器用ではない。どこの馬の骨とも知らぬライターと占い師のことは一時保留と決め込むことで部屋の外の喧《けん》騒《そう》を忘れ、奏は代役の準備を始めた。

夏も終わりすっかり秋らしくなった今日この頃、占い師オリハシのローブこと「着る毛布」をエアコンなしで羽織《はお》るのも苦ではない日が多くなった。ローブの裾《すそ》をずるずる引きずりながら、テーブルの上に真っ黒な布を広げ、あちこちで入手した「占い師っぽい」さまざまなアイテムを並べていく。三個百円の天然石、大学の敷地《しきち》で拾った十センチ程度の木の枝、カバーを掛けた広辞苑《こうじえん》など。最後に机の端《はし》に——猪鹿蝶《いのしかちょう》、と裏返した花札の山を飾って、完成。

パソコンの電源をオン。占い師オリハシのウェブ会議システムに接続し、しばらく待つと「入室があります」と通知が届いた。

——依頼人の顔が映った。フレームレスの眼鏡《めがね》を掛けた、一人の女の子。

ふわり。腕を大きく動かして毛布の袖《そで》を振り、自身を占い師らしく見せる努力をしながら、奏はいつもの挨拶《あいさつ》を告げた。

「こんにちは、星の巡りに導かれし迷える子羊よ」

「あなたが……？」

「いかにも。わたくしが、占い師オリハシでございます」

深々と頭を下げつつ、「代役です」と心の中で付け加える。画面の向こうの彼女はそんな奏に、「どうぞよろしくお願いします」と頭を下げた。届く声があまりに小さいので、こっそりマウスを操ってパソコンのサウンドを調整、音量を上げる。

画面に映る人物を観察。年齢はおおよそ、奏と同じか少し下くらい。背後に並んだ家具の様子から見るに、ウェブに接続しているのは自宅の自室だろうか。クロゼットとベッド、出窓には大きめの熊《くま》のぬいぐるみが置かれている。服装はカーディガンと、ブラウス。下半身は窺《うかが》うことができない。

ここ最近の代役の依頼は、姉から「これお願い」と頼まれたものを引き受けている。オリハシ本人が対応する依頼と代役に任せる依頼をどういう基準で分けているのかはわからないが、お得意の「神懸り的な力」で判断しているのだろう、たぶん。

さて今回、占い師オリハシへ寄せられた依頼とは。

慎重な様子で、依頼人が話し始める。

「占ってほしいのは、わたしの友達のことなんです」

そのことは、姉から受け取ったメールにも書かれていた。友人のことを占ってほしい、と。

依頼人の名前は、舞衣《まい》、とあった。占いと、友情。友人との相性を占ってほしい、という依頼は決して珍しいものではない。親しい友とのいつまでも続く縁を願うような依頼は「三月頃、卒業の時期になると増える類の依頼だね」と姉は言っていた。いまは十月の半ばで、卒業シーズンとは半年近く離れているが、それでもこの類の依頼は、珍しいことではない。

よくある依頼の一種。奏もそう思っていた。が、

「あの、オリハシ先生。先生は……」

緊張ぎみの、沈黙のあと。

画面の中の依頼人がおずおずと告げた言葉は、

「……吸血鬼、の存在を信じますか」

奏のほころんだはずの頬を引きつらせるには充分すぎるものだった。

血を、吸う、鬼。

そんなものいるわけないでしょうこの現代に――と言いかけたのをぐっと飲み込み、奏はフードの下でため息をついた。またもその手の依頼かとうんざりした奏の雰囲気を感じ取ったのか、それともその言葉を吐くことにもともと負い目を感じていたのか、依頼人は

捲《まく》し立《た》てるように言う。

「わ、わたし、変なこと言ってますよね、すみません」

「ああ、いえ、いえ」

「自分でも、そんなことあり得ないって、わかってるんです。でも」

「いえ、いえ」

「オリハシ先生なら、わかってくださるかもって思って。——占い以外のことでも、なんでも相談受け付けますって、ウェブサイトに書いてあったものですから」

「いえ、いえ……ん？」

適当な相槌《あいづち》が、違和感によって途切れる。

「すみません、お客様……舞衣様。弊店のウェブサイトに何が……あ、ええと、いいです。——少々お待ちくださいませ？」

あくまでうちは占い処《どころ》であって、まかり間違ってもトンデモオカルト大歓迎の駆け込み寺ではない。そんな誤解を招くような文言があったろうか？　奏は、カメラに映らないテーブルの下で手早くスマートフォンの画面を叩《たた》き、占い師オリハシのウェブサイトを表示させた。もう何度も見たそのサイトを急いでスクロールしていくと……

いつの間にか、奏の知らない文章が、最下部に追加されていた。

スピリチュアル、オカルト、超常現象。人知の及ばぬ、されどあなたの気がかりなこと。

占い以外にも、なんでもご相談受け付けます！

「あの二人……！」

先ほどの修二の、あまりにもわざとらしい振る舞いを思い出す。

修二が奏の代役業に許可を出し、引き続きの協力を申し出たのはこれが理由だろう。姉の失踪《しっそう》でさんざん心配をしたこと、また、それによって奏を危険に晒《さら》したことを怒り、そういう状態ならばもう代役業に手は貸さないと喚《わめ》く修二に、きっと姉はこう言ったのだ——「占い師オリハシが、現在以上にオカルト案件を呼び寄せるコンテンツになったとしたら、どう？」。

ああ、いともたやすく想像できる！　あのオカルトオタクはきっと、即座に手のひらを返したことだろう。隠しきれない好奇心を表情に滲《にじ》ませつつ、妥協を装う稚拙な演技で「お前がそこまで言うなら仕方ない」とか、「本意ではないが保護者としてこれからも奏の『代役』の相談に乗ってやらなくてはならない」とかなんとか言いやがったのだ。

そうして姉と修二の間で、交渉は成立した。オカルトなんぞかけらも信じていない、現実主義者《リアリスト》の奏にはたいへん頭の痛い話だけれど！

「先生？　どうしました？」

「いえ、なんでも」

眉間を押さえる奏を怪訝《けげん》に思ったようで、依頼人の表情が曇る。

しかし依頼人には何の落ち度もない。ただ、占い師オリハシのウェブサイトにいつの間にやら付記されていたふざけた一文を真に受けて、藁《わら》をもすがる気持ちでやってきただけの哀《あわ》れな子羊に過ぎないのだから、彼女を無下に扱うのは間違っている。

……奏は長い長いため息をつくと、低い声でゆっくりと、話し始めた。

「なんでしょう、吸血鬼とは。こう、確かに架空の存在ではある、と思いますが……すべての幻想は、人の心、人の想像から生まれ出でるものでございます。また、占いとは、信じる心が大事なのでございます。そういう意味では、そんなファンタジックな空想や、妄想を、ないものとして扱うのはあんまりよくないかなって、思うみたいな、そんなところは、ございますかも、しれません。はい」

「先生……！」

依頼者が、感極まって奏を呼ぶ。

「ええ、ええ、この世に存在しない、架空のもの、幻想のもの。吸血鬼でも宇宙人でも神、悪魔でも、ＶＴｕｂｅｒでもＴｉｋＴｏｋｅｒでもなんでもどうぞ。子羊らの抱く人知の及ばぬお悩み、どのようなものでも喜んで、ご相談に乗らせていただきましょう！」

「ありがとうございます、先生！」

自棄《やけ》である。心の中で姉と想い人に「覚えてろ」と恨み節を吐きながら宣言すると、依頼人は胸の前で手を組み瞳《ひとみ》を潤《うる》ませた。先生を信じて相談に来てよかったです、といまにも感涙しかねない依頼人の姿に、さまざまな思いが去来する。

しかし――湧《わ》いて出たすべての考えを、オリハシの嫌な噂が出回っているらしい昨今、依頼人に好感を抱いてもらうのは大事なことだ、というその一点で振り切り、

「それでは、お客様」

依頼人のことを呼んだ。

吸血鬼とか妖怪《ようかい》とか、そういう類のものには、聖水ぽいものを思わせる小物が合いそうな気がする。ラベルを剝《は》がした栄養ドリンクの瓶《びん》をテーブルに二本ほど並べて、

「あなた様のこと、それから、あなた様が心に秘めている悩み。また、オリハシに依頼したい、その『吸血鬼』とやらのことを、このオリハシにお話し願えますか」

尋ねれば、依頼人はゆっくりと、頷いた。

「お願いをしたいのは、わたしの友達のことです。わたし、彼女が……悪い吸血鬼によって、吸血鬼の使い魔にされてしまったんじゃないかと、思っています」

「ふむ。吸血鬼の使い魔、ですか」

「はい」

占い師という役柄上《やくがら》、訳知り顔で頷いた——が、無論、奏はそういう事物について詳しくはない。吸血鬼の知識としては血を吸うイケメンというくらいで、使い魔という単語で思い浮かべられる知識もそう多くはない。物語で言うところの『魔女の宅急便』のジジだとか、『ハリー・ポッター』のヘドウィグだとか……あと身近なところでは、かつて姉が愛猫ダイズを河川敷《かせんじき》で拾ってきたのもそれに似た理由だった。占い師が猫を飼っていたらそれっぽく見えるのではないか、と言って。

ただ、奏の知識では、あくまで「そういうもの」を指しているのだろうなということがなんとなくわかる程度だ。後ほど修二に聞こうと決めて、手元のノートにこっそり走り書きする。使い魔。たぶんダイズみたいなやつ。

「お二人は、いま……」

「大学一年生です。わたしも友達も、現役で大学に合格しました。友達は都内の大学に、わたしは地元である群馬の大学に進学しました。友達の両親は、彼女が地元を離れることを心配していたそうですが、彼女は頑として志望校を変えなかったそうです……。友達は一人暮らしを始めて、わたしは実家から通学しています。住むところも、学校も違っちゃいましたけど、メールとかラインとかで、しょっちゅう連絡は取ってました」

「お友達の様子が……ええと、吸血鬼っぽいな、と思ったのはどういうきっかけで?」

「最初におかしいな、と思ったのは夏頃のことです。夏には、二人で毎年海に遊びに行ってて、今年も行こうって話をしていたんですけど、いざ夏になると、あまり、乗り気でないような感じがしました」

海に行きたがらない。それが吸血鬼とどう関係あるのだろう?　取り敢えずメモする。

「結局、海には行けないまま、秋になって。せめてお茶くらいはしようかって言って、彼女に会いに行ったんです。ただ、やっぱり進学すると、友達も、環境も変わるし。電車に乗って彼女のところへ向かいながら、もし彼女がわたしと距離を置きたがっているのなら、そうしてあげるのが彼女のためかな、とも思ってました……でも」

でも。画面の下の方、組んだ手を握り直す。

少し間があってから、依頼人はこう言った。

「実際に会った彼女は、ひどく青白く、やつれていました」

我知らず、ペンを動かす手が止まった。

「……それは」

「わたしびっくりして、どうしちゃったのって聞いたんですけど、彼女、笑って、『なんでもないよ、毎日楽しいよ』って言うんです。ちゃんと学校も行ってるし、友達もできたし、彼氏もできたって……でも、彼女のスマホケースから、わたしとお揃《そろ》いで買ったストラップがなくなっていました」

「ストラップ？」

「卒業前に遊園地に遊びに行ったとき、お土産屋さんで、お揃いで買ったんです。たまたま……十字架のかたちをしていました」

十字架のストラップを外した彼女。さすがの奏にも、吸血鬼らしさが少し見えた。

「その日はそれで別れて。でも、わたし、それからもずっと、心配で。それでわたし……先週、学校をサボって、彼女の住むアパートまで、こっそり行ってみたんです……」

正確なところを告げようと、言葉を選んでいる。

「電車で、彼女の住む町へ行って、彼女のアパートを探したんです。けど、道に迷って、そろそろ終電がなくなる頃になってしまって。彼女に『実は今日、近くまで来てるんだ』って連絡しようか、それとも、何も言わずに帰った方がいいかと思った頃、路地にようやく、彼女の姿を見つけました。うつろな目で、青白い頬で、ラフな格好で、足取りはふらふらとして、手には財布と、白い袋を一つだけ提げていて、それで……」

それで。

依頼人が見た、その日の彼女の、最も信じがたい特徴は。

「……口もとを。べったりと、血で濡《ぬ》らしていました」

画面の中で、依頼人がぶるりと肩を震わせた。

「袋というのは。……血、というのは？」

「袋は小さな、白い、ビニール袋でした。血は……それが誰の血かは、わかりません。でも彼女が、本当に吸血鬼の使い魔なのだとしたら、きっと、誰かを傷つけていたんでしょう。そうわかっていたけれど、わたしはそのとき、彼女に声をかけることができませんでした……」

うつむいて、告白のように吐かれたその声は、後悔に満ちているようにも聞こえた。ただ、どうしてそこで声をかけなかったのかと、責めるつもりは奏にはなかったし、責められる様子でもなかった。

「お友達とは、その後は？」

「会っていません。連絡も取れていません。……怖くて」

画面の中で、依頼人がゆっくりと顔を上げる。

「先生、わたしの友達は、進学先で吸血鬼に出会い、その使い魔にされてしまったのではないでしょうか。それで、もし本当に、友達が、人ではない何かになってしまっているのだとしたら――」

「だとしたら?」

迷うような少しの間があって。

依頼人は、こう言った。

「友人が、吸血鬼の使い魔として、どのような罪を犯したのか。知りたいと思います」

聞き取りにくい低い声で、けれど確かにそう言った。


「修二さんの馬鹿。お姉の馬鹿。馬鹿、馬鹿、ばぁか」

「そうか、吸血鬼。それは大変な依頼が届いてしまったな。いや、大変だ」

依頼人との対話を終え、リビングに戻った奏の前で、明らかな棒読みとにこにこ笑顔でそんなことを言うのが姉の共犯者こと修二だ。修二の腕をぽこぽこ叩き続ける奏のことなどどこ吹く風で、タブレット端末を操作し依頼時の録画を視聴している。

姉と修二、二人の間で交わされた密約について修二に尋ねると、彼はあっさり口を割った。すぐに気づかれると予想していたのか、奏の様子に驚いた顔も隠すそぶりも見せず、それどころか上機嫌に鼻歌まで歌い出したので、たまらず奏は自分のスマートフォンを修二の頬に押し当てた。

「……何」

「あまりにも腹立たしいので」

「ああ」

「せめて修二さんの鼻歌を録音して毎朝の目覚ましに」

「やめてくれ。謝るから」

「修二さんの歌声で起きる爽快《そうかい》な朝！」

「すまなかった」

依頼の動画再生が終わったのと、彼が両手を挙げて降参の意を示したのはちょうど同じくらいだった。修二から差し出されたタブレットを受け取り、ついでにスマートフォンの録音アプリも停止。

「いいじゃんたまには俺にも役得あったってさぁ。こんなに協力してるんだからさぁ」

「オカルトなんて存在しませんって、何度言ったらわかるんですか」

「わかってねえなぁ。オカルトってのはさ、少年の夢なんだよ」

今年二十九にもなるのに、何が少年の夢か。

また無言でぽこぽこ叩くと、修二は笑いながら「悪かった悪かった」と繰り返した。言葉こそ反省の意を述べているが、彼らの思惑どおりの依頼が届いたこともあり、口調に反省の色はまったく見えない。

奏の不満は収まらないが、いまどれだけ怒りをぶつけたところで彼の反省には繋《つな》がらないだろう。どう償ってもらうかはあとで考えることにする。

まずは依頼内容の分析だ。やや不貞腐《ふてくさ》れながらもそう告げると、

「吸血鬼、とは」

予想どおり、修二はうきうきと説明を始めた。

「ヴァンパイア、などとも呼ばれる。生けるものの血液を栄養とし、その美しさのままに永遠の時を生きる不死の王。人間の血を吸って、それを糧《かて》とし生きる妖怪、怪物の伝説は世界各地に伝わっている。ブルガリアのウポウル、ルーマニアのビビ、メキシコのトラキーク……それぞれに特徴があるが、現代日本において『吸血鬼』としてよく知られているのはブラム・ストーカーの『ドラキュラ』だろうか。変身能力を持つとか、日光の下を歩けないとか、いろいろな性質が言い伝えられているが、その中でも最も有名な特徴は、その名のとおり、血を吸うことだ」

「蚊ですかねぇ」

「お前、心の底から興味がないいな?」

いつもの早口で喋《しゃべ》り出した修二の姿に、奏が集中力と興味を欠くのもいつものことだ。うんざりした感情を隠さず視線を向けると彼は、嘆かわしい、とばかりに大きくため息をついた。

「オカルトの世界は奥深いんだぞ。特に、吸血鬼という妖怪は世界各地に伝承が存在しているが、時代や地域によって特性が大きく異なり、たとえばウポウルと呼ばれるものは——あ、こら、いかにもつまらなそうに爪をいじるのをやめろ」

「それで修二さん、吸血鬼の使い魔っていうのは?」

中指のささくれに触れるのをやめ、ノートを見る。「占い師オリハシにおけるダイズみたいなものですかね」と、依頼の最中に思いついたことを言ってみると、部屋の端で寝ていたダイズが耳だけをこちらに向けた。

「ダイズは、使い魔っていうほどミステリアスではないいな……ああ、よしよし」

再度呼ばれたダイズは、自分が話題に上っていることを理解したらしい。お気に入りのクッションから起き上がって修二のもとに歩いてくると、ゴロゴロ言いながら彼の脛《すね》に頭を擦り寄せた。修二は背を丸めてその頭を撫《な》でながら、

「吸血鬼の使い魔、として扱われる生き物もさまざまだ。有名なところではコウモリ、

猫、狼《おおかみ》、蛇、ネズミ……マイナーなところでは、蚊やスイカなんかもそうだな」

「スイカ？　って、あのスイカですか？　夏場に冷やして食べる」

「そう、田舎《いなか》の縁側で塩かけて食べるあれ。ユーゴスラビアの伝承だったかな、クリスマスの時期を超えて放置しておくと、そのうち吸血鬼になるらしい」

「果肉が赤いから、食べると血のように見えるっていうことですか？」

「いいや。自発的にそのへんをごろごろ転がり回って、人を困らせるんだと」

「嫌がらせめいてますね」

もしそんなものが現実にいたら、台所がめちゃくちゃになりそうだ。おもちゃと勘違いしたダイズが目を輝かせて飛びかかって、さらに大騒ぎになりそうでもある。

「ただ、奏。その依頼人は、オカルトのプロとかそういうわけではないんだな？」

「そんなプロ、そうそういてたまりますか」

質問に、少しのとげを込めて返すが修二は気づかない。もしくは気づいていて無視したのか、いずれにせよ変わらぬ口調ですらすらと、

「だったら依頼人は、友人の現状を、吸血鬼の使い魔というよりは、従者や眷属《けんぞく》に近いものになっていると考えているのかもしれない。吸血鬼の有名な逸話にこういうのがあるだろう、『吸血鬼に血を吸われた者は吸血衝動を持ち、吸血鬼に従うようになる』」

「ああ」

だから依頼人は友人のことを、吸血鬼そのものとは言わなかったのか。「友達をいまのような様子に変えた主がいる」という意味で、依頼人は友人を「吸血鬼の使い魔」と表した。眷属という言葉を使わなかったのは、単に、それが一般的な言葉ではないからだろう。

整理しよう。奏はボールペンをノートに走らせ、修二の吸血鬼の説明と、依頼人に聞いた内容をわかりやすく整える。

「今回の依頼人は、高校時代の友人を『吸血鬼の従者』だと思っている。その理由は、遊びに行く誘いを断られたこと、久しぶりに再会した彼女が、スマホのお揃いの十字架のストラップを外していたこと。そもそも様子がおかしいこと」

「血を吸っているところを目撃したこと、だな。そして恐らく依頼人の言う吸血鬼は、現代日本でメジャーに知られている特徴を持つものだ」

「ええ。つまり……わたしがするべきことは」

ペン先の色を、黒から赤に変える。

大事なところにわかりやすく丸をつけて、

「なぜ依頼人のお友達は、吸血鬼『紛《まが》い』の様子を見せているのか。そうなったことにどのような理由があるのか。それらの理由の調査と推測。さらに、わたしは占い師としてどう占い結果を伝えるべきか、ですね」

「そうだな。……だけど、奏」

「はい？」

修二を見る。彼はもうすっかり冷めているだろうコーヒーを飲み干して、彼にとって重要なことをごく手短に教えてくれた。

「悪いんだが、続きは明日以降にしてくれないか。俺はちょっと、急用ができた」

「えっ」

突然の報告に、つい驚きの声が出た。

「珍しいですね、修二さん。いつもでしたらこのあと、一緒にお夕飯を食べながら、気持ち悪い笑顔とオタク特有の早口でいつ終わるともしれないオカルトトークを繰り広げるのがパターンでしょうに」

「奏、お前……！」

首を傾《かし》げると、修二はなぜか目を見開いた。そして、

「そんなに俺のオカルト話を楽しみにしてくれていたのか……！」

「『苦行』を婉曲《えんきょく》的に表現したつもりだったんですが」

これ以上なく盛った悪意はオカルトオタクにはまったく伝わらなかったらしい。眉間に深い皺を刻み、強くこぶしを握り締め、いかにも後悔の最中にいる様子で、

「たいへん申し訳ない。この埋め合わせは必ず。そうだ、もしよかったら明日は朝四時から五時間くらい吸血鬼の歴史と血液信仰、さらには十八世紀のオーストリアで実際に起きたペーター・プロゴヨヴィッチ事件と同時期に流行したペストの関係性を」

「帰っていいですよ」

「俺の話を期待してくれていたところ、本当にすまない……！」

一切期待していないというのに。

修二は悲しそうにかぶりを振った。

「急に、どうしても外せない仕事が入ったんだ」

仕事。占い師代役の手伝いの方ではなく、オカルト雑誌記者の方か。しかし、急な呼び出しとは珍しいことだ。

「ていうか修二さん、ここ最近はわたしのお手伝いとお姉の記事を書いてるところしか見てなかったから、てっきりそこ専業になったのかと思ってました。ちゃんと雑誌記者さんのお仕事もしてるんですね」

「してるわ。俺をなんだと思ってる」

「お姉の記事書いてごはん食べてる実質お姉のヒモ」

「……当たらずとも遠からずだが」

「安心してください修二さん！　わたしはヒモの修二さんも好きですよ！」

「自尊心がゴリゴリ削られていく」

先ほどまでオカルトによって輝いていた修二の表情が、みるみるうちに陰《かげ》っていく。

このままでは帰る気力も失ってしまうと危惧《きぐ》したようで、彼はソファからのっそりと立ち上がった。奏としては名残惜《なごりお》しいが、引き留めるのも申し訳ない。明日来てくれるというのだから、今日は素直に見送ることにした。

一言二言挨拶をして、リビングから玄関に向かう彼の後ろをついていく。靴を履こうとする彼に靴べらを差し出しつつ、

「いってらっしゃい、あなた」

「お邪魔しました」

彼はそっけなく言って、床につま先を打ちつけ、靴を履いた。

「修二さんつれない」

「年上をからかうなっての。……じゃ、俺はこれで。そうだ、夕飯ウーバーで頼んでおいてやろうか。準備できるか？」

「大丈夫ですよ。簡単なご飯なら、作り置きもありますし」

「そうか。ちゃんと戸締まりして寝るんだぞ」

「大丈夫ですってば。子ども扱いしないでください」

「俺からしたらいつまでも子どもだよ。黄色い通学帽被《かぶ》ってな」

確かに奏が修二と初めて出会ったのは小学生の頃だが、いつまでランドセルを背負っていると思っているのか。むう、と頰を膨《ふく》らませたとき。

閃《ひらめ》く。――奏が小学生にしか見えないと言うのなら、逆手《さかて》に取って。

「わかりました。それでは修二さん」

「うん？」

「カナちゃんはお子様なので」

「ああ」

「お帰りの前におやすみのちゅうを！」

「歳《とし》を考えろ、大学生」

あまりの矛盾した発言に、奏は靴べらで彼の腕をぺちんと叩いた。

「というわけで、今日の修二さんも素敵だったよ。ハイゴー」

「だからって、わたしに山ほど画像送ってこなくていいんだけど」

修二が自身の自宅へ帰り、自分とダイズの食事を済ませたあと。

四十度、適温に保《たも》たれた湯船の中で、スマートフォン越しに奏が喋る相手は友人の拝郷だ。画像整理がてら「今日の修二さん」と銘打った画像ファイルを拝郷に次々送りつけていたところ、「通知がうるさい」と抗議の電話をかけてきたのだった。

通話をハンズフリーにしてスマートフォンを壁に立てかけ、肩まで湯に浸《つ》かりながら、友人の抗議に反論する。

「でも、いい作品ができたら発表したくなるのは、クリエイターとして当然じゃない？」

「何がよくて何が悪いのかわかんないよ。一枚目と三枚目なんてほとんど同じだし」

「よく見て。ダイズを撫でる指の角度が違うでしょ」

「ええ……？」

困惑の声。

拝郷としばらく写真のできについて話したあと、続けて、今日の大学の授業のこと、帰宅後のことなどを話す。依頼の内容については話せないが、修二と左々川が来たことと、例の占い師オリハシの噂のこと。あとは、夕食に取り寄せたメキシコ料理の宅配が思いがけずおいしかったこと、など。

そうしていると、風呂場《ふろば》のドアにカチャカチャと何かの当たる音がした。見ると、磨《す》りガラスに薄茶色の影が映っている。湯船から身を起こして少しドアを開けると、待ってましたとばかりに悠々とダイズが入ってきた。

飼い主の居場所に興味はあるが濡れるのは嫌らしく、一歩踏み出すごとに足を震わせては水滴を払っている。やっと湯船の横までやってくると、ダイズは「うにゃ」と一声鳴いた。その声は、スマートフォンの向こうにも届いたらしい。

「わたしは修二さんより、ダイズちゃんの画像が見たいな。ダイズちゃん元気?」

「元気だよ。でも最近太っちゃって、少し食事制限した方がいいかもってお医者さんに言われちゃった。だから、しばらくおやつ禁止なの」

「猫なんて、ちょっとむちむちなくらいがかわいいのにね」

言いたいことはわかるが、飼い主としてはそう甘やかしてもいられない。当のダイズは、姿なき何者かから名を呼ばれているのが気になるのか、しきりに風呂場を見回している。

「まあ、ダイズちゃんのことはともかく。奏は明日、依頼の調査に行くんだね」

「そう。だから代返お願い」

「オッケー。もし力になれそうなことあったら言ってね」

「ありがと。力になれそうなこと、かぁ……」

気がつくと、ダイズが蛇口をじっと見ている。

賢いダイズは、人間がそこから水を出せることを知っている。そしてなぜだかダイズは、蛇口から出る水を飲むのが好きなのだ。ハンドルを捻《ひね》って細くぬるま湯を出してやると、やはり嬉《うれ》しそうに舌を伸ばして舐《な》め始めた。上手に飲めず顔を濡らしてしまうのもいつものことだが、あれだけ足が濡れるのを嫌がっていたのにもかかわらず、顔面は不快に感じないらしい。

水。海。海水浴に行けない。……水と戯《たわむ》れるダイズを見ていて、ふとそのことを思い出した。

「ねえハイゴー、吸血鬼っているじゃない」

「急に何？　修二さんの血を吸いたいとか言い出さないでね」

言われて想像したのは、がぶ、と修二のうなじに噛《か》みつく自分の姿。

「アリかナシかで言ったら、アリかな」

「来世は犬歯長めの歯並びになれるよう祈っておくね」

本気の言動とは受け取らなかったようだ。

「それで、その危険思想がどうかした？」

「ハイゴーは、吸血鬼と海水浴って、何か関係あると思う？」

「質問の意味がよくわからないけど……吸血鬼が海水浴できるかできないかって質問だったら、わたしは『できない』と思うよ」

「日光が駄目だから、って理由？」

「それもあるけど、吸血鬼って、流水が苦手みたいな設定なかったっけ？」

なるほど確かに、それは致命的だ。

そして同時に、そこでへたくそに流水を飲んでいるダイズは吸血鬼ではないのだろう。

そんなことも考えていると、

「でも、その手のことなら、それこそ修二さんの方が詳しいんじゃないの？　気になるなら明日、修二さんに聞いてみれば？」

「修二さんはプロだけど、話し始めると止まらないのが玉に瑕《きず》」

どれだけアプローチしても聞こえないふりを決め込むのに、オカルトについては求める以上のものを返してくるのだ。

「でも、今日の修二さんは、ちょっと変だったかな」

「変？　どこが？」

「いつもならその後、延々オカルト話するのに、ちょっと話したあと『急な仕事が入った』って言って帰っちゃったんだよね。まぁ、お仕事なら仕方ないんだけどさ、でもそれが、妙に突然だったたっていうか」

「……へえ」

「何があったんだろうね」

「それは……」

スポンジで洗顔料を泡立《あわだ》てながら疑問を口にすると、なぜか拝郷に、ためらうような沈黙があった。しかしそれはほんの少しのことで、意を決したようにこう答える。

「……それはさ、オリハシのよくない噂のことを奏が知っちゃったから、奏がオリハシの仕事についていろいろ悩んだり考え込んだりしないように、気にかけてくれたんじゃないの」

「わたしを？」

できあがった泡を額にのせながら聞き返すと、拝郷は「そう」と言った。

「さっき聞いた限りでは、修二さんは、本当はオリハシの噂のこと、奏に教えるつもりじゃなかったんだよね。噂について怒ってる警察の人が来ちゃったから、奏の前で話題にすることになっちゃっただけで。修二さんはできる限り、奏には黙っておこうって考えてたんじゃないのかな」

「どうして？」

「そりゃ、無駄に奏を怖がらせたくないからでしょ。……ま、それより先に、わたしが奏に教えちゃってたんだけど」

ばつが悪そうなのは、そのせいか。

そういえば修二に「拝郷から聞いた」という話をしたとき、彼が険しい表情をしていたことを思い出す。あれは、本当ならば奏に知らせたくなかったからいい気分はしなかったが、奏の気心知れた友人から聞いた話だということを知り、怒りを抱くこともできなかったせいではないか。

「悪いこと聞いた直後に、それに関係する仕事なんてしたい人はなかなかいないでしょう。せめて一晩、オリハシの仕事のことは忘れてゆっくり休んでほしいっていう、修二さんの配慮なんじゃないかな」

「そうかなぁ」

「きっとそうだよ。明日あたり、ありがとうって言っておけば？　修二さんは修二さんなりに、奏のこと心配してるんだよ」

「それはつまり」

「うん」

「明日にも籍を入れた方がいいってこと？」

「そこまでは言ってないかな」

残念だ。

しかし、そうだとしても今日の修二は、やけに唐突に話を打ち切ったようにも思えたが。まるで、いきなり何か、彼の気を逸らすものが現れたような……そしてそのことを、奏に気づかれないよう誤魔化したような。けれどそのときの彼の様子を実際に見ていない拝郷は、自分の考えが当たっていると信じて疑っていない。

ただ、その推測のおかげで、彼女にも伝えておくべきことがあることに気がついた。

「ハイゴーもありがとう。いま、わざわざ電話してきてくれたのって、噂のことでわたしが落ち込んでないか、気にしてくれたからでしょ？」

「それは、まあ……最初に話しちゃったの、わたしだしね」

「ありがとう」

「写真の通知がうるさかったっていうのも、本音だけど」

「ありがとう」

「それもれっきとした本音だってことは覚えておいてね」

覚えておこう。明日はきっと、今日の倍近い量のファイルを送りつけるが。

「ありがとう。ご飯奢る以外のお礼はなかなかできなくて、申し訳ないけど」

「気持ちだけで充分だよ。何かあったら頼って」

「修二さん隠し撮り特選アルバム作ったら、真っ先にハイゴーに献本するね」

「気持ちだけで充分だから」

真に迫った遠慮をいただく。

長々喋って本当にアルバムを渡されたら困ると思ったのか、それから話題を切り上げるまでの時間は短かった。また学校で、と互いに挨拶して通話を切ると、ちょうど水道に飽きたらしいダイズが、風呂場から出せとばかりに「おにゃあ」と鳴いた。

湯船から身を起こし、細く流していた水道の湯を止め、ついでに洗顔料を洗い流しながら、奏は頭を整理する。吸血鬼のこと。拝郷の見立てのこと。それから、修二はいまどこで何をしているのだろうということ。

予定を繰り上げ、急遽《きゅうきょ》帰宅の途についた修二。彼が奏の姉から頼まれている「オリハシ代役の相談相手」としての仕事は、姉に密《ひそ》かに懸想している彼にとって、何にも優先されるべき仕事であるはずだ。それを放り出しても向かうべきと判断した業務とはいったい何だろう。もしや仕事上で、姉以外に気になる相手ができた？　学生時代から一切の脈がないと自覚しつつそれでも姉のことを諦《あきら》められずにいるあの修二に、他の想い人が？

……まずあり得ない、と思うけれど。

修二のスマートフォンを思い出す。代役の依頼で席を外す前はソファに放り投げていたのに、戻ってきたときには、まるで隠すようにジーンズのポケットに捩《ね》じ込《こ》んでいた。

吸血鬼と、敵意を抱く占い師と、修二の奇行。――いずれのことも、

「さて、どうしたものか」

「にゃあ」

いいから早くこのドアを開けろ、とダイズがもう一度鳴いた。

＊＊＊

「最悪だ」

帰宅の車中でハンドルを握りながら、修二は誰も聞くことのない舌打ちをした。

趣味の話をする機会を半ば強制的に奪われ、嫌々帰宅の途についているというだけでも苛立《いらだ》っているのに、さらに、まさに運転中のいま、ポケットに入れっぱなしのスマートフォンが延々鳴り続けていることが、現在進行形で虫の居所を悪くさせ続けている。

呼び出しをしばらく無視するが、発信者は一向に諦める気配を見せない。仕方ないの

で、ウィンカーを出してコンビニに入り、駐車場に車を停《と》める。エンジンすら切ってから、修二はようやくスマートフォンの受話ボタンを押した。

こちらが挨拶をするまでもなく、電話の相手はしびれを切らしたようにこう言った。

「出るのが遅いわよ。森重修二」

「一生鳴らし続けてりゃいいんだ。バカ川」

左々川千夏だった。修二が嫌悪の感情を隠さず吐くものの、向こうは気にした様子を見せない。

「いまどこにいるの？　電話できる場所？　もう折橋家は離れて……いえ、奏ちゃんはいま近くにいないわよね？」

「教える義理はないね。それともこれは職務質問か？　おまわりさんは遅くまでお仕事熱心なことで。――そもそも奏に聞かれたくない話をしたいのなら、俺があいつの前にいるときに電話かけてくるんじゃねえよ。出られるわけないだろうが」

一気に、叩きつけるように言い放つ。

左々川が本日修二に電話をかけてきたのは、実のところこれが初めてではない。一度目は夕方六時頃、奏が代役の仕事を終えてリビングに戻ってきたのと、コールが始まるのはちょうど同時だった。

慌てて切ってポケットに入れ、怪しまれない程度の話し合いののち折橋家を出てきた。

あくまで自然な振る舞いだったから、恐らく奏には気づかれていないだろうが。

「本当ならあのあと、夕飯を食いながらオカルト話に花を咲かせるはずだったんだ」

「奏ちゃんの負担が減ったなら何よりだわ」

「奏も楽しみにしてたんだぞ！」

「偽証罪で逮捕するわよ」

奏のあの落ち込みようを、左々川に見せてやりたかった！

……そう。たとえオカルトがどうこうを差し引いても、保護者代わりとして、また彼女の安全を頼まれている身として、奏を悲しませたりいたずらに傷つけたりするようなことは極力したくないのだ。だというのにこの女は、何も考えず折橋家に飛び込んでは衝動に任せて占い師オリハシの悪評だなんだとべらべら喋って――左手が無意識のうちに、煙草《たばこ》の箱を握っていた。

普段はさほど吸わないので、箱の中身が最後の一本になっていることにいまのいままで気づいていなかった。シガーライターで火をつけ、空箱を潰しながらぷうと煙を吐く。

「で？　今度は、どんなろくでもない話をしようってんだ」

「どうしてろくでもないって決めつけるのよ」

「お前が俺に電話かけてくるときは、だいたいろくでもないことがあったときだからだよ。違ったためしがあったか？」

そう予想がついたから、早々に折橋家を出てきたのだ。奏に聞かせるべきではないと思ったから。

左々川は虚を突かれたように黙ったあと、不機嫌そうに「わたしだって用がなけりゃ、あなたなんかに電話したくないわよ」と言った。互いの考えが一致して何よりだ。こちらこそ極力、左々川の声など聞きたくはない。

「だけどあなたに伝えなきゃいけないことがあるから、電話代かけてわざわざ連絡してるの。こっちだってオカルト雑誌の三流記者にこちらから敢えて連絡を取るなんてのはたいへん不本意な行動なの。わかってちょうだい。ふ、ほ、ん、い」

「こっちこそ電気代の無駄だからさっさと用件喋ってくれるか。スマホの充電もタダじゃないんでね。おい左々川、電池の切れたスマホがどうなるか知ってるか？　一切の機能が使えなくなるんだよ。よかったなぁ一つ賢くなれて」

ねちっこい口調で教えてやると、左々川は「逐一《ちくいち》腹が立つわね！」と叫んだ。そして、

「まったく、オリハシ先生もどうしてこんな男に信頼を置いているのか。理解に苦しむわ」

「……どうしていま、折橋の名前が出てくる」

聞き捨てならない名前が現れて、つい声が固くなった。

親しい友人で、大事な取材対象で、奏の姉で、学生時代からの自分の——

「さっき、電話がかかってきたの」

「折橋から？」

「そう。着信があったから折り返してくださったたって。今日、ご自宅に伺ったことを話したら、さんざん怒られたわ、『余計なことを奏ちゃんに話すんじゃない』って」

「ざまあみろ」

そうでなくても左々川にはすでに、今年の六月頃、オリハシの仕事に関する情報を誤ったかたちで修二と奏のもとに齎《もたら》した前科がある。そしてそれもちょうど、同じ宗教団体絡みの話だった。

「噂のことについては、先生はすでにご存じだったけれど」

「何か言っていたか？」

だから電話をしてきたのだろう。

「あなたに伝えるようにって」

「何を」

「『くれぐれも、奏ちゃんをよろしくね』ですって」

それは。

「確かに伝えたわよ。じゃあね」

オリハシの占いは絶対。それはある意味で、事実である。神懸りと呼べるほど鋭い直観を持つ折橋紗枝は、「物事の結果」や「いま対象が取るべき最善の行動」を、自分でもプロセスの説明ができないままにただ知ることができる。

また、それこそがオリハシの占いの正体であるということを、友人である修二と、折橋紗枝の妹である奏は知っている。それは本当の意味での占いではない。しかし占いより確実に、まさしく未来に至るものだ。

疎《うと》ましい声がなくなって、車中がしんと静まり返る。深く息を吸ったので、煙草の先が赤くなった。スマートフォンを助手席に投げると、小さくバウンドして座面に落ち着いた。

——くれぐれも、奏ちゃんをよろしくね。

煙はため息になった。折橋が、奏の無事を敢えて念押しした意味がわからない。しかしそこには、必ず何かの意味がある。彼女の力で、何かを見通した結果がその一言なのだ。

そんなことを言われなくとも、折橋の言いつけを反故《ほご》にするような人間ではないことは知っているだろうに、わざわざ繰り返したということは。

奏の身に何かが起こる可能性があるということだ。

似非《えせ》占い師め。心の中で毒づきながら、備えつけの灰皿に煙草の灰を落とした。


折橋家はマンションの機械式駐車場に、二台分のスペースを持っている。一台は折橋家所有の自動車用、もう一台は来客用だ。ただし来客用の駐車スペースには、たいてい決まった車が停まっている。修二の愛車である。

以前、これだけ頻繁に来ているのだから駐車場代くらい支払った方がいいのではないか、と折橋紗枝に言ったところ「うちの仕事を手伝ってもらってるんだから」と言われ、いやしかし友人間での借りを作るのはいかがなものかと食い下がったら、あきれたように「ここの土地相場知ってる?」と言われたのでそれ以来話題にすることをやめた。後日こっそり調べたら、駐車場一台分ですら、三流記者の懐にはなかなか痛い金額だった。

左々川からの電話があった日の、翌朝。

修二は約束どおり、折橋家に奏を迎えに来た。外出準備を済ませて待っていた奏からの「おはようのちゅうを!」といういつもの挨拶を難なく躱《かわ》し——交わしたわけではなく——ここまで運転してきたことへの労《ねぎら》いと、コーヒーを貰《もら》う。

ウインナーと野菜入りのロールパンサンドをおいしそうに頬張《ほおば》る奏を、何の気なしに眺《なが》める。昨日の折橋紗枝の言葉が気になるが、いまの奏には特別変わった様子は見られない。折橋姉がわざわざ妹の身の安全に対し念を押してきたのは、どういう了見だろう。

奏は、もう一度大口を開けたところで、修二の視線に気づいたようだ。かぶりつくのを中止して、不思議そうに聞いてきた。

「どうかしました?」

「なんでもない。昨晩は悪かったな」

「いえ、お仕事お忙しかったんですよね、気にしないでください」

「ありがとう。昨晩、何か変わったこととかはなかったか?」

「変わったこと? そうですね……」

ロールサンドを小さく齧り、あからさまにしょんぼりした表情を作ると、

「寝しなに修二さんの添い寝がなかったことくらいでしょうか……」

「平常どおりだな」

誤解を招きかねない発言はやめてほしい。

もう少しケチャップ多めでもよかったかもしれない、とパンの中身を覗《のぞ》く奏に、嘘をついているような様子は見られない。昨日の折橋の言伝《ことづて》は改めての警告で、そこまで気にす

るようなことでもないのだろうか？　下手にあれこれ聞くのも奏に不審がられそうで、口を噤《つぐ》むことにした。

十時半を回った頃、折橋家を出発。駐車場の出庫操作ももう慣れたものだ。

「お邪魔しまぁす」

「はい、どうぞ」

修二は奏のそんな挨拶を聞きながら運転席に乗り込み、シートベルトを締めた。奏もこの車のことはすでに勝手知ったるもので、助手席のドアを開けると慣れた仕草《しぐさ》でシートベルトを締め――はしなかった。

なぜだか奏は、まるで周囲を警戒するウサギのように、背筋を伸ばして車中をきょろきょろ見回し始めたのだ。

「奏？」

「ミント」

ぽつりと言った。そして小動物の真似《まね》でもするかのように、ふんふん、ふんふんと鼻を鳴らす。助手席のシートに顔を寄せてぴたりと動きを止めた。

「ど、どうした？」

返事はない。そのまましばらく静止して、一度車外へ出て後部座席に移動し、這《は》うようにして何かを観察。無言で助手席に戻ってくると、おもむろに備えつけの灰皿へ手を伸ばした。中にはほんの少しの灰だけが落ちている。

それをしばらく、無言でじっと眺める。

やがてシートに深く腰を下ろすと、今度こそシートベルトをした。

修二を見上げ、にっこりと微笑《ほほえ》んで、

「……それじゃ、出発しましょうか？」

「怖い怖い怖い怖い」

全力で首を左右に振った。

「何なのいまの」

「いえ、たいしたことではないです」

こちらにとってはたいしたことだ。何を怪しみ何を推測したのかわからないが、何らかの誤解が生じていて、もし運転中いきなり包丁でも出されようものなら運転手には逃げ場がない。

エンジンをかけかねている修二を見て、奏は首を傾げた。

「本当にたいしたことじゃないんですってば。……ドアを開けたら、車内でミントの香りがしまして」

「はあ」

「ガムのにおいという感じではありませんでした。恐らく消臭スプレーのものでしょう。だけど、いまのいままでそのにおいが残るほど、しつこくスプレーを撒《ま》いて消そうとしたにおいとは何かなと。焼肉？　アルコール？　もしくは——」

一拍置いて、上目遣いで、

「——香水」

それを疑っていたのだ、とばかりに。

「しかし助手席にも、バックシートにも直近で誰かが乗ったような形跡は見当たらない。では、煙草？　と思って灰皿を見ましたら、煙草の吸い殻そのものはなく、灰だけが少し残っていました。恐らく修二さんは、昨晩、突然入ったお仕事に苛立って、ストレス解消に車内で煙草を嗜《たしな》まれたのでしょう。気の進まないご依頼だったのか、それともお疲れだったのか、吸い終わった煙草を灰皿に押しつけたことも忘れて、さっさとご自宅に戻りたかったのだと思われます。そのせいで、吸い殻をそのまま、車中に一晩放置してしまった。そのことを、修二さんは翌日……つまり本日の朝、車に乗って思い出しました」

備えつけの灰皿に視線を向ける。

「さて、煙草のにおいを、喫煙者ご自身はわからないと言います。吸い殻をたった一晩放置した程度で車中にそこまでにおいが残るとは思えませんが、修二さんとしては、非喫煙者であるマイラブスイートハニーカナちゃんを間違っても煙草のにおいの残る車に乗せるわけにはいきません。念のため灰皿から煙草の吸い殻を捨て、消臭スプレーをしつこくかけておくことにした。このほのかなミント臭はその名残、吸い殻は捨てられたのに灰が少し残っているのは、出発間際に気がついたから、灰まできれいに取り除く時間はなかったのかと推測しました。いかがでしょう?」

「ううん」

ほぼほぼ間違いない。思わず唸り、頷いた。

「マイラブスイートハニー以外は正解だ」

「つまり百点満点ということですね!」

「マイラブスイートハニー以外はな。出発するぞ」

エンジンをかけ、発車。

奏は相手にされなかったのが不満なのか、いかにも「わたしは不貞腐れています」とばかりの表情で窓の外を見ている。——まったく。

人をからかっているとしか思えない求愛の弁を逐一混ぜてくるのは奏の悪い癖《くせ》だが、

「……その観察眼と思考力にはあやかりたいな、と思うよ」

「ん？」

公道に出る前の一時停止、左右確認をしながらぽつりと呟くと、

「いま何か言いましたか？」

「別に。お前の頭の回転が、俺にもあったらなあって思っただけ」

そうであったら、折橋紗枝の例の「言伝」に、こうも悩まされることはなかったろう。

しかし奏は、修二のそんな事情など知る由もない。

「それはつまり」

「うん？」

「わたしの思考を受け継ぐ子が欲しいということですか」

「違います」

「娘と息子どちらをご希望で」

無視。

「昨日の夜、何かあったんですか？　わたしの頭が欲しいなんて、普段の修二さんならなかなか言わないと思うんですけど」

「ええと……」

折橋の言葉を、奏自身に伝えることが本当に正しいか。

怖がらせてしまうのではないかとも考えたが、忠告をして事前にブレーキをかけておくのは悪いことではないはずだ、この無鉄砲屁理屈《むてっぽうへりくつ》娘の性格を鑑みれば。

「いま何か、すごく失礼なこと考えませんでした？」

「考えていないとも」

事実を思ったまでだ。

昨晩の左々川からの電話について奏に話すと、彼女はちょっと意外そうに「はあ。お姉がそんなことを」と言った。

「何か心当たりあるか？」

「ないですね。お姉の考えることはわかりません」

奏はふむ、と顎《あご》に手を当て、

「でも、大丈夫だと思いますよ」

「どうしてそう言い切れる」

「だって、何かあっても修二さんが守ってくださるんでしょう？」

「……それは、まぁ」

あの友人からの頼みごとを断ることは修二にはできないし、それがなかったとしても、奏は自分にとっても妹のような存在だ。奏の身に危険が迫っているとなればなんとしても助けてやりたいと思う。

曖昧《あいまい》にだが頷いた修二へ奏は、うふ、と笑った。

「好きな人が身を案じてくださっているというだけで、恋する女の子は何倍にも強くなれるんですよ」

「次を左折か」

奏は不機嫌そうに粒ガムのボトルを取ると、残りの中身を一気に呷《あお》った。

一瞬ぎょっとしたが、それほど多く残っていたわけではないから大丈夫だろう。むっぐむっぐと小リスのように頬を膨らませてガムを噛む彼女を横目で見る。この姉妹の近くにいると、自分の心配が些細《ささい》なことのように思えてしまうので不思議だ。

いま考えても仕方がない。切り替えて、目の前の問題について話すことにする。楽しい楽しい、オカルトに関する問題。

「ところで、このままだと真っ昼間に現地に着くけど、どうなんだ。もしくだんの彼女が本当に吸血鬼の類のものだったら、会うことはできないんじゃないか？」

「依頼人のお友達に会えるかどうか、姿が見れるかどうかはまた別のこととして……その前に、確認したいことがあるんです」

「確認したいこと？」

「ええ」

奏は膝《ひざ》の上に置いた鞄《かばん》から、何かを取り出して広げた。何かの紙だ。——地図?

「その際の特徴です。『口もとが血で濡れていた』というのはいったん置いておいて、『手に白いビニール袋を提げていた』というのもありました。で、目撃場所のすぐ近くにコンビニがあるところを見ると、これ、コンビニ袋ではないかと思います。また、それ以外に何かを持っているとは言っていなかった。であれば、彼女はコンビニに買い物に来ていたんでしょう。自宅にいたとき、何かの品が足りなくなって、ラフな格好で、買い物に出た」

「そのときに、吸血鬼として空腹を感じて、吸血衝動に走ったと」

「……取り敢えずそれも、保留で。ただ、わたし昨晩、家で地図を見ていて、ちょっとおかしいなって思ったことがあったんです」

「おかしなこと?」

「これ、依頼人のお友達のお家《うち》の住所をグーグルマップで表示して、印刷したものなんですけど」

と言われても、運転中では見ることはできない。ただ、目の端に映るそれは、確かに地図の類のようだ。奏はその一ヵ所に親指を置き、それを支点として人さし指をコンパスのように回したようだった。

「都内はコンビニめちゃくちゃ多いです。これでもかってくらいあります」

「有り難いことだよな」

いまも右手に、大手コンビニチェーンの看板が見えている。コンビニエンスストアは現代になくてはならないものだ。ひたすら疲労困憊《ひろうこんぱい》の状態で深夜を迎えたときも、それなりの飯を買えるのだから。

「肉まんとかおでんとかもいいよな。〆切《しめきり》前夜のテッペン越えた頃、終わらない仕事放り出して買いに走るホットスナックってなんであんなにうまいんだろうなぁ」

「お友達の家の周辺にも、コンビニは、地図をざっと見ただけでも四軒見つかります」

修二の実体験は奏の共感を得られなかったようだ――というより、聞いたら長くなると判断したのか。先の仕草は、依頼人の友人の家を中心に円を描いたらしい。話を続ける。

「その中で、依頼人がお友達を見かけた現場は、彼女の家から二軒目に近いコンビニの近くだったんですよ」

「……うん?」

赤信号でブレーキを踏んで、ようやく奏の手元を見ることができる。広げたそれはやはり地図で、赤いペンで正円と思われるものが描き込まれていた。

さらに奏はもう一枚、今度は数字の並んだ表を広げた。右上に大きく「時刻表」と書いてある。

「依頼人はその時刻を『そろそろ終電がなくなる頃』と言いました。群馬から都内に、とのことなので高崎線《たかさきせん》を使ったとしましょう。たとえば、高崎線の終電が東京駅を出るのは、ええと……二十三時頃。依頼人が見かけたのはその少し前とのことですから、二十二時を回った頃でしょうか。つまり彼女は、そんな時間にわざわざ自宅を出て、自宅の最寄り『ではない』コンビニまで行ったことになります」

少なくとも自分ならそんなことはしないな、と修二は思う。ただ、彼女にそうする事情があったとしてもおかしいことではない。たとえば、

「バイト先の近くのコンビニがそこだった、とか。バイトが終わって、帰る途中に寄ったのかもしれない」

「なら、お友達はそのとき、鞄の一つくらいは持っていないとおかしくないでしょうか。知り合いの家に行くのだって、財布一つだけ摑《つか》んで行くことはなかなかないですよ。女の子なら余計に」

「男から言わせてもらえば、女性は持ち歩くものが多すぎるよな。化粧ポーチとか、携帯用ヘアケア用品とか、予備のストッキングだとか」

「女の子の鞄の中身なんてどこで見たんですか」

「一般論だ」

妙な誤解が生まれるのはよろしくない。即座に訂正して、横道に逸れかける話題を戻す。彼女が立ち寄った、コンビニの位置について。

「それじゃ、近所の一軒は、自宅から行きにくいところにあるんじゃないか。開かずの踏《ふみ》切《きり》があるとか。たとえば、だけど」

修二が運転の片手間に考えつくようなことなど、奏もすでに考えていた。頷く。

「道が不便。店の設備や品揃《しなぞろ》えの問題。そもそも品物ではなく店員が目当て、などなど。いろいろと考えられます」

「店員が目当て？」

「そこの夜勤さんがものすごいイケメンで、深夜でも目の保養に行きたいとか……あっ大丈夫ですよ修二さん、そのコンビニの店員さんがたとえどれほどのイケメンでも、わたしは修二さん一筋ですからね」

「そんじょそこらのイケメンより、俺のがはるかに男前と。嬉しいこと言ってくれるね」

「人間の価値は顔ではないですよ修二さん」

「いまの話の流れでその返しする？」

いや、自分の顔が特別優れていると本気で思ったりはしていないが。そんなことを考えて——美形。先のコンビニに対して、一つの可能性に思い当たる。

「……店自体が吸血鬼の巣窟《そうくつ》である可能性？」

「うわぁ」

奏はぎゅう、と眉《まゆ》を寄せた。

「なんだその『うわ、オカルトオタクがまた何か言い始めた』って顔は」

「『うわ、オカルトオタクがまた何か言い始めた』って顔です」

「しかし、いや、あり得ない話ではないぞ奏。近年の創作物における吸血鬼には美形という設定の付加されているものが増えていることから考えれば、そのイケメンコンビニ店員が現代に生きる吸血鬼であったとしても不思議ではない。ちなみに美形の吸血鬼という設定が創作物に見られるようになったのは一八〇〇年代後半あたりからだとされるがその元となったのは——」

「信号変わりましたよ」

「ん？　おお」

本当だ。いつの間にか信号は、赤から青に変わっていた。

さて、くだんの彼女が敢えて選んだそのコンビニに、いったい何があるのだか。本物の吸血鬼？　処女の生き血？　上質なトマトジュース？　――さて。

何にせよ、行ってみなければわからないことだ。修二はアクセルを踏んだ。

カーナビが指しているのは、荻窪駅《おぎくぼえき》から少し離れたところに建つ一軒のアパートだ。

＊＊＊

特に、違和感はない。

ドライブデート（と奏が思っているもの）を楽しみながら、奏はこっそり修二の様子を探る。修二が昨晩から妙に挙動不審だと思っていたが、つまるところ要約すれば、姉から奏の身に気をつけるよう連絡があったのが原因だという。それを口実に他の何かを隠そうとしているのかとも思ったが、それを奏に白状したあとは、まったくいつもどおりのオカルトオタクだ。見つけた時間貸しの駐車場の看板を見て「どこも高いな」と呟くのも変わりない。

「お金、払いますよ」

「学生から貰うわけにいくかよ」

そういうプライドもしっかり健在だ。

姉がどういう理由でわざわざそう修二に忠告したのか――いつもの「よろしくね」の延長なのか、それとも何かを察しているのかは不明だが、いずれにせよ、自分と話すことで修二の心配が少しでも解消されたのならよかった。困っている彼をそっと陰から支えるのが、内助の功というやつである。奏は奥ゆかしいのである。

そう。奏はよくできた妻なのである。

「……何をにまにましてるんだ」

「いいえ？」

湧き出る恋心は抑えて、別のことを考えることにする。

奏たちが向かっているのは、くだんの、依頼人の友人の家。まずは彼女の住むところを調べたいのだ、コンパスの中心になるところ。依頼人から教えてもらった住所の近場に駐車場を見つけて車を停め、調査に赴く。

学生寮かと思いきや、普通の三階建てのアパートだった。住所の末尾に二〇二とあったから、二階の部屋と推測。ベランダ側から見上げると、カーテンのない部屋が三階に一部屋だけあった。つまり、ほぼ満室だ。

エントランスに入っていくと、並んだステンレスのポストはどれにも住人の名前がなかった。このご時世、当然と言えば当然か。

二〇二、とシールが貼《は》られたポストの投函口の蓋《ふた》を指で押す。蓋はあっさり開いたが、中は暗くて見ることはできなかった。〇から九までの数字が刻まれたダイヤル式の鍵《かぎ》、番号は不明だ。ポストの鍵をじっと見ていた奏に、修二が声をかけてきた。

「どうする？」

「そうですねえ……」

あたりを見回して、防犯カメラの類がないことを確認。スマートフォンのカメラアプリを起動させ、投函口へ差し込み――

――カシャ。

フラッシュが光った。

「鍵が入ってますね。あとハガキ大のダイレクトメールが一通。宛名《あてな》を見るに、ここが彼女の住まいであることは間違いなさそうです」

「……お前、そういう怪しい技術どこで覚えるの？」

ポスト内部を撮影した画像を拡大して観察していると、修二が恐る恐るといった様子で言った。たびたび彼の自宅のポストにも同様の行いをしているということは教えない方がいいだろう。観察を続ける。

「中に鍵が入っていることが気になります。おおかた、自宅の鍵でしょうが」

「不用心だな。ダイヤルナンバーがわかれば誰でも家に入れちまうだろう」

「ですけど、現在進行形で鍵の置き場所をポストにしているということは、いまのところそういった被害に巻き込まれたことはないっていうことですね」

人間の心理として、もし実際に空き巣に遭ったのなら、しばらくそんな不用心な真似はできなくなる。つまりこの家の主は泥棒被害に遭ったことがないか、もしくは、遭ったことに気づいてすらいない鈍感かのどちらかだ。

ポストの隣の壁に、掲示板があった。入居者宛《あて》の貼《は》り紙《がみ》がある。「ゴミの回収日を守ってください」「深夜の騒音はご遠慮ください」……興味深く見ていると、

「どうした？」

「いえ。面白いなと思って。こういうのあんまり見ないので、物珍しくて」

「そういえばお前のマンションじゃ、こういう貼り紙とかってほとんど見かけないよな。共用部分のお知らせとかってどうしてるんだ？」

「コンシェルジュさんが全部管理してくれてますよ」

「あーあーそうだそうだった金持ちめ畜生」

なぜか渋《しぶ》い表情で、納得の意を示した。

折橋家のマンションは、フロントにコンシェルジュが常駐している。いろいろ頼まれご

とを聞いてくれるコンシェルジュは、姉妹二人きりの生活にとても有り難い存在だ。

とはいえいいことばかりではなく、家主の姉が「妹が危ない目に遭わないように気をつけてあげてくださいね」などと言っているものだから、たまに帰宅時間が遅くなると、その姿を見咎《みとが》められ「あまり遅くまで遊んでいると、お姉様がご心配されますよ」と苦言を呈《てい》されたりする。そういうところは、奏にとって嬉しくない。

「さて。ここで長々話し込んで、誰かに怪しまれても嫌ですね。移動しましょう」

「了解」

「お散歩デートしましょう」

「わざわざ言い直さなくていいぞ」

続いて向かったのは、アパートの直近に位置するコンビニだ。

歩いて五分ほど。店舗としては小さめだが、品揃えと設備は充分なように思えた。少なくとも、遅い時間に女の子一人で遠くまで歩くことの危険性と外出の面倒さを考えたら、少なくとも奏はこちらを選ぶだろう。しかし対象には、そうしなかった理由があるのだ。

それはさて、どのようなものか。

客は店内に一人、スーツ姿の男性が雑誌を眺めている。レジは二台あったが人がいるのは一ヵ所だけ、パートと思《おぼ》しき女性店員。

依頼人が夜中に会った彼女は、口を血で濡らしていたという。血によく似たものといえば……トマトジュース、ケチャップ。どちらも在庫は各々の棚にあった。

「袋はいりません」

「ん？」

聞き慣れた声が聞こえたので見ると、修二がレジで支払いをしていた。財布に免許証をしまっている。

なんだ、なんだ。

いそいそ寄っていく。

「何買ったんですか？」

「たいしたものじゃない」

「えっちなものですか？」

「煙草だっ」

叫ぶとはっきり返された。そういえば昨晩、消費していたようだ。

電子マネーで決済。修二の手元でかわいい音が鳴ったのを聞いて、奏はあることを思いつく。

「そうだ、先輩。店員さんにも聞いてみましょうよ」

「ん？　いや、先輩って……」

袖口《そでぐち》を引いた奏に何かを言いかけたものの、皆まで言わず口を噤む。代わりに、また何かの小芝居が始まったな、という顔をした。余計な説明の手間を省いてくれたことを有り難く思いながら、奏は鞄からスマートフォンを出して画像を表示すると、店員に向けた。

参考資料として依頼人から預かったスナップ写真で、依頼人と吸血鬼の彼女が顔を寄せ合って笑っている。奏は画面の中の、吸血鬼の彼女を指した。

「あの、すみません。この右側の子、ここ来たことありますか？」

「え？」

怪しい客だと思われる前に、続けて、こうも聞く。にっこにこの笑顔で。

「この子わたしの友達なんですけど、この近くに住んでて。今度誕生日にサプライズパーティやるんで、いま、その下調べしてるんです。何が好きそうとか、どのお菓子よく買ってくとか、知ってたら教えてほしいです！」

「ああ……いろんなもの買ってくよ。お菓子とか、ほら、そこの惣菜《そうざい》とかね」

警戒心の足りない店員は、冷蔵の棚を指してそう言った。浅いパックに入った浅漬けや、ハンバーグ、サラダ、弁当などが置いてある。

「そっか。彼女、どんなのが好きなんだろう」

「さてねぇ。いろんなものを買っていくよ。……ああ、でも」

「でも？」

「一度、レジに並んでいたとき、慌てて何かを棚に戻しに行ったことがあったね。あれは嫌いなものだったのかな、わからないけど」

何かを戻した。希望のものと、商品を取り間違えた？

「お財布忘れた、とかじゃなくて？」

「財布は持っていたよ。そのとき一緒に持っていた他のものは、買っていったから」

「買ったものってなんですか？　あと、その『棚に戻したもの』って、どのお惣菜かわかります？」

「いや、戻したのは惣菜じゃなくて、確か缶の……」

「ちょ、ちょっと馬場《ばば》さん」

二人の会話に割って入ったのは、眼鏡の男性店員だった。バックヤードから急いで出てきて、奏と話していた店員に耳打ちする。「お客様のことを勝手に、あんまり……」と注意したのがわかった。

この様子では、この店員から聞き出せることはこれ以上ないだろう。男性店員が奏に何か言うよりも早く、奏はぺこりと頭を下げた。

「すみません、ありがとうございました！　それじゃ先輩、行きましょう」

修二の腕を引いて店を出る。自動ドアが開くと同時に、明るい音楽が鳴った。

肩を並べて数メートルの距離を歩いたところで、修二がこう、ぼそりと言う。周りを行く人には聞こえないような低い声だった。

「うまいこと聞くもんだな」

先ほどの奏の、店員との会話だ。褒められたと解釈して、「ありがとうございます」と礼を言った。

「『この子を知ってるか』って質問じゃ、怪しすぎますからね。人間の心理として、知ってることを前提に尋ねた方が聞き出しやすいですよ。まぁ、昨今のプライバシー重視の考え方からしてこの方法でも難しいところはありますけど、口の軽い店員さんでよかったです」

「お前の見た目が、すれてなさそうな女の子だってのも強いよな。俺が同じことやったところで効果は薄いだろ。人は見た目じゃないけどさ、それによる効果はある」

「もしかして、遠回しにわたしのこと『かわいい』って言ってくれてます？」

「まぁ、見た目は悪い方じゃないだろう。お前」

照れ隠しか、修二は顔を背けた。

好きな人に褒められて悪い気がする人はいない。えへへと笑い、

「ありがとうございます、先輩！」

「……気に入ったの？　その呼び方」

「修二さんが八年くらい留年してくれてたら一緒に学生生活送れたのになって思ってます」

「親にぶん殴られたくないので……」

やんわりと拒絶される。

「もし大学が気に入らないのなら、高校でも問題ないですよ。学生服の修二さん、ぜひ見てみたいですね。うふ」

「アラサーの学ランとか地獄かよ」

「ではブレザーの学校にしましょう。きっとブレザーの制服の修二さんも素敵ですね。休み時間にはお友達と校庭でサッカーとかしてて、それをわたしが『今日も森重先輩は素敵だなぁ』って校舎の窓から眺めて……ん？　いやちょっと待ってください」

その設定には穴がある。

なぜなら奏はいま、大学生なのだから。もしいまから彼が高校に入学したとしたら、彼は自分の先輩ではなく——

「森重『くん』！」

「気が済んだなら調査続けるぞ」

彼の先輩という新鮮な立場に、驚きと興奮と輝きを隠せず大声で叫んだものの、修二はいつもと変わらぬつれない答えを返してくれた。

次の目的地へも、車を置いたまま徒歩で移動。

「案外、落ち着いた場所ですね」

「そうだな」

依頼人があの夜「口もとを血で濡らした友人を見た」らしい路地は、確かに大通りほど人通りは多くないものの、午前中という時間帯だけあって、物騒《ぶっそう》な化け物が出没するほどに治安が悪いようには思えなかった。

スマートフォンの画面をつける。時刻は十一時を回ったところだ。何か変わったものはないかと観察しながら路地を進んでいると、

「……奏。一人でさっさと歩いていくなよ」

「ん？　それはもしや、わたしのことを心配してくださってるんですか？」

「それはそうだ」

想い人が一心に身を案じてくれるなんて、これほど嬉しいことはない。ついでに求愛のチャンス――と奏が口を開こうとしたものの、

「近くに吸血鬼がいるかもしれないんだぞ」

「いませんよ」

「近くに吸血鬼がいたらいいな」

「願望になってますよ」

喜んで損した。

鞄からノートを取り出し、メモした部分を探して開く。

「ええと。くだんのお友達は、発見当時ラフな格好で、財布と白い袋を持っていたと言っていましたね。あとで補足として聞いたところでは、Tシャツとショートパンツだったそうです」

「ラフな格好、ね」

「吸血鬼らしくない、とでも思ってますか？」

奏の言葉を意味ありげに繰り返したので、尋ねてみる。修二が気になるとしたら、おおかたそんなところだろう……そう予想を立てたが、彼は意外にも「それもあるけどさ」と、別の意見を提示してくれた。

「若い女の子にしちゃ、警戒心が足りないような気がするよ」

「警戒心ですか？」

「そう。いまの世の中、変なやつ、多いからな。もしお前が、夜道を薄手のシャツとショートパンツなんて格好で歩いてたら、俺はまず叱《しか》るぞ。保護者として見過ごせない」

「誰が保護者ですか、誰が」

かわいい恋人候補としては聞き捨てならない言葉だったが、彼は聞こえないふりをした。

「男の俺が言うのもどうかと思うし、世にはびこる変態のせいで女の子に負担をかけるのは違うとも思うけどさ、それでも現実問題、自衛をするに越したことはない。……目撃したのは秋のことだったか。残暑が厳しかったとしても、上着一枚くらいは羽織った方がいいと思うがね」

「ううむ」

確かに一理ある。人通りが少ない道だとわかっていたなら、なおのことだ。そうしなかった理由として考えられるのは、

「慣れから来る緩《ゆる》みか、上着を羽織れない理由があったか」

「『吸血鬼は厚着をしたらいけない』なんて設定は聞いたことないけどな……」

「上着を羽織る余裕もないほど、急いで買いに行かないとならないものがあったとか？」

修二は吸血鬼という観点から、奏は現実的な観点から思考する。青い空を見上げ、しばらく無言で考えてみるも、いずれもこれといったアイデアは出なかった。

さて、目的のコンビニエンスストアは探すまでもなく、通りと通りの交差する角に建っていた。入り口のガラス戸を押して入ると、店内ＢＧＭが聞こえてくる。有名チェーンだけあって、見覚えのある品が並んでいた。

「安定の品揃えだな」

「そうですね。彼女は深夜にわざわざここまで来て、何を買ったんでしょうねぇ」

「夜中にどうしても食いたくなったものがあったんじゃないのか。深夜番組で特集してたとか……ああ、お前これ好きだろ。買ってやる」

「わ、ありがとうございます」

カップ飲料のいちごヨーグルトを棚から取りながら修二が言ったので、奏は満面の笑みで礼を言った。昔から、勉強やら交友関係やらで奏が悩ましい顔をしていると、いつも修二がこれを買ってくれるのだ。

奏のためのカップ飲料と、「さっき買い忘れた」と粒ガムのボトルを持ってレジカウンターへ。店員が粒ガムを取り上げたタイミングで、奏が聞いた。

「あの、最近このへんで何か事件とかありましたか？」

「え？　いや、聞きませんね」

「そうですか」

レジの大きなタッチパネルに流れる新商品のコマーシャルを見ている間に会計は終わった。先にレジを離れて外に出た奏を追うように、袋を提げた修二が出てきた。

「そうだ、昼飯どうしような」

一度店内に目を向けたのは、コンビニで済ますかと考えたのだろう。ただその案は彼の中ですぐ却下されたようで、ポケットからスマートフォンを取り出した。

「奏、何か食いたいものあるか？」

「そうですねえ……あ、一回だけ演習のグループメンバーとこの近くに来たことがあって。そのとき、近くのおにぎり専門店に入ったんですけど、おいしかったですよ。おにぎり何個かとお味噌汁と、あとおかずがついてくるんです。ちょっと変わった和食屋さんって感じですね。みんなもおいしいって喜んでましたし、おすすめです」

「へぇ」

修二の、食事処を探してスマートフォンの画面の上を動いていた指が止まった。奏の「おすすめ」に興味を持ったようで、にこりと笑う。しかし、笑みを浮かべるほど彼は和食が好きだったろうか——と思ったら、違った。

「奏は、学校に友達がたくさんいるんだなぁ」

「親目線やめてください」

そういうことが言いたいのではない。

「いや、友達が多いのはいいことだぞ。俺とか折橋姉は学生時代、ぼっちの代表格みたいなところあったからな。ははは」

「身内のそういう話はあんまり聞きたくないです……」

こちらとしてはリアクションに困る。しかし彼としては自虐のつもりはなかったようで、晴れ晴れと笑った。

「前に会った拝郷さんもそうだけど、奏に仲のいい子が多くいるってのは嬉しいよ。悪い仲間とつるんでないってのも嬉しいしな」

「そりゃ、友達は多い方が楽しいですけど。……そうそう、あの演習の日、ハイゴーが具合悪くしちゃったんですよ。あのときはびっくりしたな」

「へえ。大丈夫だったのか」

「前日の夜に食べた生牡蠣《なまがき》に中《あた》ったらしいですね。家を出るときはそうでもなかったらしいんですけど、歩き回って作業してたら顔色がどんどん青ざめていって。大丈夫かって聞いても答えられなくなっちゃって、救急車呼びましたよ。病院で処置してもらって回復したんですけど、本当、肝が冷えました……ん？」

「どうした？」

笑い話として語り始めたエピソードが、なぜか頭に引っかかった。しかし、何を気にしたのか自分でもわからなかったので一時保留とする。

「いえ、なんでもないです。それより、依頼人のご友人にも話を聞いてみたいですね」

「え、牡蠣の話を？」

冗談なのか本気なのかわからないことを言ったので、にっこり笑って「修二さんのそういうところも好きですよ」と答えたところ、「冗談だよ」とひたすら嫌そうな顔をされた。

「ご友人について、少し、気になることがあるんです」

そんな話をしたのは、いますれ違うようにコンビニに入っていった女の子の顔が、依頼人から貰った写真のそれと一致していたからだ。

口もとに血の跡はなく、服装もハイネックのインナーとジャケットに膝下スカートと、聞いていた夜のような薄着ではない。ただ、なぜだか表情は強張《こわば》っている。修二も気づき「あれ、あの子」と言いかけたので、人さし指を口に当てるジェスチャーをした。

しばらく店内を歩いて、会計して、レジ袋を提げて出てくる。買ったものは飲み物、袋の膨らみからして缶ジュース二本と菓子と見受けられる。肩にかけた小さなハンドバッグに予定外のものを入れる余裕はなく、万引きなどを目論《もくろ》んだ来店ではないようだ。

足早に去っていこうとするその背に、奏は声をかけた。

「こんにちは」

彼女は弾《はじ》かれたように振り返った。怯《おび》えているようにも見えるが構わず、奏はにこにこと人を怖がらせない笑顔で、

「いま、何を買ったんですか？」

しかし。

みるみるうちに、彼女の表情が変わった。目は見開かれ頬は強張り——振り返ったときと同じように、踵《きびす》を返《かえ》して走っていく。

「あ、ちょっと！」

「修二さん、追わなくていいです」

捕まえようと走り出しかけた修二を止めた。

「行ったのは、彼女の家と反対方向ですから」

先回りすれば追いつける。

それだけ、動転していたのかもしれない。ただ、前後不覚に陥《おちい》った思考の中で、彼女は

家に帰るより何より、まず奏たちから逃げることを優先したのだ。

そうまでして隠したいものは何だろう。彼女はいま、ここで何を買ったのだろう。

「……わかったのか？」

奏の表情から何かを察したらしい修二が、探るように聞く。

「結論を出す前に、もう一度、行きたいところがあります」

そう答えれば修二は、わかった、と言った。奏の様子から何を感じ取ったか、「いずれにせよ、あまりよいことではなさそうだ」とも。

ともあれそういうやりとりの結果、奏は修二を引き連れて、徒歩で彼女のアパートまで戻ってきた。先ほどと同様ポストの並ぶエントランスへ入りかけたところで、

「いいから早く、帰ってこいよ」

男の声がした。

同時に修二が奏の肩を引いて、かばうように背に隠す。

「……いや、不審者は我々の方なんだけどな」

「そうでもないですよ」

「え？」

アパートの住人でも、その関係者でもなんでもない自分たちの方がよほど怪しいと修二

は言いたいのだろうが、そうではない。

「ちょうどよかったですね」

「どういう意味だ？　……って、あれ」

男。年齢は奏と同じくらいの、茶髪の男。グレーのジャケットにチノパン、スニーカー。電話で誰かと話しながら、ポストのダイヤルキーを回している。

その男の振る舞いをしばらく見ていて、修二も気づいたようだった。

「あのポスト、確か、あの子の」

「はい」

そう。男がダイヤルをいじっているポストは、先ほど奏がカメラを差し込んで中を見たものだった。それが彼女の部屋のものであるのは、中に入っていたダイレクトメールの宛名で確認している。

……じっと息を潜める二人の視線の先で、

「いま着いたから、待ってるって。はあ？　俺は知らないよ」

男は話しながら、慣れた様子でダイヤルのナンバーを揃えるとポストを開けた。中に入っていた鍵を取るとスタスタと階段に歩いていく。

後をつけると、予想どおり、彼は二〇二号室に入っていった。

「泥棒か？　あるいは、あの男が吸血鬼……？」

と。

言いながら奏を見た修二が、息を呑《の》んだのがわかった。

本人たちはさほど意識したことはないが、姉妹だけあって奏と姉の外見はそれなりに似ている。奏には姉のような能力はないし、性格も異なるが、背格好、面影《おもかげ》、そして何より。

――物事を深く考えるときの目が、姉によく似ているという。

「奏。……わかったのか？」

怯えるようにおずおずと、問いかけてくる。彼に何か危害を加えようというわけではないのに、おかしなことだ。この顔は彼にとって、そんなにも特別なものなのだろうか？

いずれにせよ、すべての情報は出揃った。

姉のような第六感を持たない奏は、調査と推測により結論を生み出す。依頼人の話をもとに情報を得、事実を調査し、それの持つ意味を推測して、彼らの未来に適切な助言を与える。また、推測から考え出した依頼人への助言を、占い師然とした雰囲気で語ること。それこそが、奏の「代役」としての仕事である。

奏はその「占い師オリハシによく似た顔」でにこりと笑うと、修二に向けてこう言った。

「占い結果の推測を始めましょう」

依頼人の親しい友人が、吸血鬼の使い魔になったという。それが事実なのか否か調べてほしいというのが、今回占い師オリハシに齎された依頼だ。

アパートの正面、道路を挟んだ向かいの歩道で木陰《こかげ》に身を隠し、エントランスを窺いながら、奏は依頼とその真相について話し始めた。

「依頼のことですが、まずは5W1Hで考えてみましょう。いつ、どこで、誰が、何をした、なぜ、どのようにして。修二さん、依頼人が『友人が吸血鬼の使い魔である』と確信するに至った理由を覚えていますか？」

「一週間前、都内の……友人のアパートから二番目に近いコンビニの近くで、友人が、血を吸っていた……吸血鬼として喉の渇きを覚えたから……あー、通りがかりの人を襲って？」

「『血をコンビニで買った』説はなしですか？」

「ないな。鉄分なんかのサプリメントならまだしも、血液なんて売っちゃいないだろう」

そこに気づいてもらえて何よりだ。奏は頷いて話を続ける。

「依頼人が彼女は吸血鬼の使い魔だと確信したのは、あの夜、『ひと気のない路地で、口もとに血をつけて立っていたから』です。それでは、彼女はどのようにして血液を得たのでしょう」

「道行く人を襲って……」

吸血鬼という存在のイメージ上、そう考えるだろうと思っていた。しかし、

「暗い路地で人を襲って血を得た、というのは考えにくいです。吸血鬼が云々《うんぬん》、ということを抜きにして、被害者の視点で考えると『路地で何者かに襲われ、血を抜かれた』……本当に起こっていたとしたら、傷害事件になります。ただ、コンビニの店員は、最近このあたりで事件があったとは聞かない、と言いました。そうである以上、道端《みちばた》で無辜《むこ》の民を襲ったという説は、残念ながら考えにくいですね」

といったところで同時に「吸血鬼がかかわっている」説そのものを否定したいのだが、修二は意外としぶとかった。

「血を吸った相手を、僕《しもべ》として操っているのかもしれない。そうすれば通報は起こり得ないんじゃないか?」

「……もし噛んだ相手を僕として操れるのなら、わざわざ夜中に近くもないコンビニまで来て、敢えて道端で噛みついて血を吸う必要もないような気がしますけど」

反論すれば、修二の喉が、う、と苦しげな音を立てた。

もしそんなことが可能なら、前もってどこかの安全なタイミングで僕とやらを確保しておいて、必要なときに家まで呼びつければいいだろうに。

「じゃあ、奏。お前はどう考えているんだ。他にも、依頼人の友達である彼女が吸血鬼の関係者であると疑わせる要素はあるぞ」

拗《す》ねたように修二が言った。子どもっぽいその表情もかわいらしくて素敵だなと思いながら、奏の考えた推測を口にする。

十字架のこと、水に入るのを避けたこと。忘れているわけではないが、順を追って考えよう。

「一週間前、都内、依頼人の友人のアパートから二番目に近いコンビニの近くで、友人が……までは、いいと思うんです。わたしはその後の、『何をした、なぜ、どのようにして』に別のものを当てはめたいと思います」

「吸血鬼が……」

「オカルトはさっさと脇《わき》に置いておいて、まず考えたいことがあります」

余計なことを言いかけたので、遮《さえぎ》って続ける。

「さて、彼女は深夜のコンビニエンスストアで、何を買ったのでしょう？　近所でなく、わざわざ離れたコンビニに行った理由。いくつか考えられますが……わたし、修二さんの買い物を見ていて、一つ仮説を立てました」

「俺の？」

提げたコンビニ袋の中を見る。奏のために買ったカップのいちごヨーグルトと、粒ガム。何かおかしなものを買ったかと思ったようだが、それらではない。それ以外にも彼は、買い物をしている。そう、

「煙草、買いましたよね。一軒目のコンビニで」

「あ、買ったな。――もしかして」

「もしかして彼女、二十歳以上でないと購入できない何かを購入しようとしていたんじゃないでしょうか」

修二はポケットに手をやった。フィルムも切っていない、煙草の箱が入っている。

「修二さん、あのコンビニで煙草を買ったとき、免許証を出してましたね。年齢制限のある品物を購入するとき、何らかの身分証の提示を必要としているようです。修二さんのような、一見して成人とわかるような人でも身分証をお願いされるんですから、わたしや彼女のような人間が目こぼしされることはまずないでしょう。さて一方で、二軒目のコンビニですが」

「……あのレジ、タッチパネルがあったな」

「ええ。あとでわたしが実際に買って検証したいと思いますが、恐らくあのコンビニの年齢確認はタッチパネル認証で、店員があまりに客の外見に相違があると考えない限り、本人がボタンを押して自己申告することで購入できるのでしょう。さて、コンビニで購入できる商品のうち、年齢確認が必要となる商品は何か？」

「煙草……いや」

先ほど見かけた彼女が提げたコンビニ袋。その中に入っていたものの形状からして、

「お酒、でしょうね」

どういうメーカーのものかはわからないが、缶入りのアルコール飲料は珍しくないはずだ。

「大学一年生、現役合格ということは現在十八か十九歳。無論、お酒と煙草は二十歳からなので、まだ酒類を購入できる年齢ではありません」

「だからさっき、奏に何を買ったのかと聞かれて逃げたのか」

頷く。

「きっと、後ろめたい気持ちがあったのでしょう。また、一軒目のコンビニで店員が、依頼人の友人がレジの列から途中で商品を戻しに行ったと話していました。それは、他の客

が同じように酒類を買おうとして、身分証明を求められているのを見て、慌てて取りやめたんじゃないでしょうか」

「でも、だったとして、酒をわざわざ夜中に買いに行く必要があるか？　それほどのアルコール依存症だとでも？　そうじゃないとしたら」

「買いに行くよう、誰かに強要されたとしたらどうでしょう。……たとえば、先ほどの男とかに」

荒々しい口調で電話をしながら、鍵をポストから取り出して勝手に部屋に入っていく男に、いい印象を抱けるか否か。

「修二さん、これはわたしの推測です。けど——考えてほしいです。夜、路地で依頼人の見た彼女が、口もとを血で濡らしていたこと。あれは『血を吸っていた』のではなく、『顔に怪我《けが》を負っていた』のだとしたら？」

もし、彼女が殴られでもして、唇《くちびる》を切っていたのだとしたら。

修二が答えに窮している間に、もう一つ、聞く。

「他にもあります。依頼人と約束した海に行けなかったのは、体に何らかの傷跡があったからだとしたら」

依頼人が、彼女となかなか会えなくなったこと。会うのを渋っていたように思えたこと。それが、我を張って離れた家族に、心配をかけられないと考えていたのだとしたら？　友人を通して、自分の選択ミスが家族に知れてしまうのを恐れていたとしたら。

「筋は通ります。彼女は心配する親を説き伏せて上京した、と依頼人は言っていました。……彼女は自分の人間関係におけるトラブルを、家族にも、友人にも知られることを嫌がったんです。だから、我慢をした。耐えた」

「なくなったストラップは、十字架だったことが問題じゃなかったのか」

「そこは想像するしかありませんけど、もしかしたら、壊されてしまったのかもしれません。あるいは、他の誰かとの仲を思わせるようなものを、男が快《こころよ》く思わなかったとか」

　これに関しては、想像するしかない。ただ、何らかの事情があって、彼女はそれを外すことにした。

「男の風上にも置けないやつだな」

「世の中、いろんな人がいますよ。男性にも、女性にも。さて、わたしが最初に申し上げた『いつ、どこで、誰が、何をした、なぜ、どのようにして』ですが。これに沿ってまとめましょう。一週間前、年齢確認をごまかしやすいコンビニの近くで、依頼人の友人が、二十歳未満にもかかわらず酒を買わなければならなくなった。男に命令されて」

「二十歳未満でも酒を買える店を選んで……ということか」

奏の説に対する補足を自ら口にして、修二は納得したようだった。

「深夜に薄着でコンビニまで行ったのは、その状態で買い物に行かざるを得なかったから。上着を羽織ることも許されず、半ば放り出されるようにして、お酒を買いに行かされた」

「理屈は合うな。だけど、どうやって裏を取るつもりだ?」

「それは簡単ですよ」

修二を誘うように、通りの向こうに視線を向ける。ちょうど、アパートに入っていく女の子の姿があった。片手にコンビニ袋を提げ、背を丸め、どこか怯えたような顔で。

車が来ないことを確認して、道を横切る。走り出したのは奏が先だったが、駆けて彼女の肩を掴んだのは、さすがに修二の方が早い。

「ひっ……」

「怖がらないで」

奏は言った。恐怖に顔を歪《ゆが》ませる彼女へ手を差《さ》し伸《の》べる。

「こんにちは。わたくしどもは、占い師オリハシの遣いでございます。とある方から依頼を受け、オリハシの指示で、あなたのもとへ馳《は》せ参《さん》じました」

「う、占い師……?」

「ええ」

支えるように左腕を回し、同時に右手でコンビニ袋を受け取る。さりげなく中身を検《あらた》めると、推測したとおり、そこには二本の缶ビールが入っていた。

目を白黒させている彼女に、

「あなたを救いに参りました」

奏がそう告げると、まるで支える糸が切れたように、彼女はその場へへたり込んだ。


「お前の推測は、当たっていたな」

「んん」

帰宅の車中で、粒ガムを噛みながら呟いた修二へ、奏はいちごヨーグルトのストローを咥えたまま肯定した。はい、と言ったつもりがくぐもったのはそのせいだ。

あのあと、安心したのか声もなく落涙する彼女の横に座り込み、ファンデーションで隠した彼女の頬の痣《あざ》を見ながら奏はしばらく「大丈夫ですよ」と声をかけ続けた。

彼女が語った現状は、ほぼ奏が推測したとおりだった。自分の意思で大学進学を決め、半ば無理やり一人暮らしを始めた彼女だったが、大学での交友関係や環境には恵まれなかったらしい。仲間に紹介されて出会った恋人も、付き合い始めると豹変《ひょうへん》して――しかし、大学の友人は頼れず。自分で決めたことである手前、家族に相談することも気が引けて。

「付き合う友人は選べってよく言うけどさ、選ぶのも簡単なことじゃないんだよな」

「選ぶためには選択肢がないとならないですからね。唯一得られたものが、よくないとわかっていても、その集団を離れてしまうと孤独になってしまうんじゃないかと不安になってしまって離れられないケースは往々にしてありますす」

「そうそう。環境なんていくらでも変えられるし、一人行動だって慣れちまえば気楽でいいものなんだけどな」

「さすが、『ぼっちの代表格』の言葉は説得力がありますね」

「だろう。崇《あが》めていいぞ」

自虐なのか、心からそう言っているのか。しかしそれに付け加えて、

「……世の中どこにどういう変なやつがいるかわからない。だから俺も折橋姉も、奏のことを守ってやりたいと思うんだよ」

また子ども扱いして。修二の言葉を右の耳から左の耳へ聞き流しつつ、奏は今回の依頼について考える。

両親や依頼人へ連絡することを勧めたが、奏の説得では叶《かな》わなかった。しかし代わり

に、彼女の通う大学の学生支援課に行くことを提案すると、それには彼女は頷いてくれた。そのままアパートの部屋に戻ることなく、学校へ向かうことにしたようだから、彼女の決心さえ鈍《にぶ》らなければ、ことは解決に向かうだろう。——ただ、

「占い師オリハシの仕事はここからです」

奏は、この時点ではまだ、この依頼に幕を引くことができない。占い師オリハシとして、依頼人へもっともらしく伝える占い結果が必要だ。

「でも、奏。依頼人の友人である彼女の抱えた問題が、いったいどこにあるのかは判明しただろう？　それをそのまま、依頼人に伝えればいいいんじゃないのか」

「いえ」

答えて、ストローを咥える。吸うが中身はすでに空で、ず、と虚《むな》しい音を立てた。

「この『吸血鬼』の依頼に関しては、まだ腑《ふ》に落ちない点があります」

奏が占い師オリハシの代理としてローブを羽織ったのは、その翌日、昼過ぎのこと。依頼人に「占いの結果が出揃ったので話したい」と連絡したところ、依頼人からすぐにでもと返事があった。

百均で売っていた暗い色のランチョンマットに、仏壇から借りたＬＥＤ蠟燭《ろうそく》、キャンパ

スで拾った小枝と、壊れた時計の針を置く。引き出しを探ったら、正月に姉と修二と三人で遊んだトランプがあったのでそれも適当にばらまいて、準備完了。ローブ代わりのいつもの「着る毛布」を被って待てば、間もなくパソコンに映っているオリハシのウェブ会議システムに、依頼人が入室したと通知が届いた。

——腑に落ちない点がある、と帰宅の車中で奏が言ったとき、修二は不思議そうに「どういうことだ？」と首を傾げた。

「ええと、ですね」

奏が違和感を覚えたことは、二つ。なぜ友人は吸血鬼ではなく、吸血鬼の「使い魔」であったのか。なぜ友人が吸血鬼になったことに対し「吸血鬼の使い魔として犯した罪を知りたい」と思ったのか。

空になったいちごヨーグルトのカップをドリンクホルダーに置き、言葉を整えて、口にする。

「わたしは、依頼人とそのご友人は、『その程度の関係』であったのではないか、と考えました」

修二が少し黙ったのは、奏の言いたいことを理解するのに時間が必要だったのだろう。その程度、とは。

「依頼人にとっては親友でも、友人にとっては、そうではなかったってことか。悩みを話してくれなかったから？　でもそれは……友人が、依頼人のことを大事に思っていたから、心配をかけたくなくて黙っていたんじゃないのか？」

奏は修二のその説を、否定も肯定もしなかった。代わりに、人さし指を立てて「それと」と続ける。

「依頼人は『友人が吸血鬼の使い魔として、どのような罪を犯したのかを知りたい』と言ったんです。ちょっとおかしくないですか、これ」

「……うん？」

「たとえば修二さん、わたしやお姉が吸血鬼になっちゃったって知ったら、どうしますか？　いえ、吸血鬼なんていうオカルティックなものを持ち出すからわかりにくいんです。何か、治療の難しい、特殊な病気にかかってしまったって知ったら」

「俺だったら……」

「まず当人の身を案じて、それから、なんとかして病気を治してあげたいって思うんじゃないでしょうか」

青い顔をする拝郷を案じ、救急車を呼んだ日のことを思い出す。

あの日奏たちは、拝郷がどうして倒れたかなんていう原因はわからずとも、まずは治療をと救急車を呼んだ。それが自然な流れではないだろうか。後日、生牡蠣に中ったのだと知ったけれど、あの日あの場所では、そんなことは重要ではなかった。きっとあの場にいた友人たち全員が、苦しそうな友人を助けてやらなければと、それが思考の最上位に位置していた。

「友人が吸血鬼の使い魔となってしまったかどうかを知りたい。もしそうなってしまったのなら、まずは『普通の人に戻す方法を知りたい』と思うのが、人の常では」

しかし彼女の思考回路は、そうとはならなかった。

「じゃあ彼女は、オカルトの専門家に、なぜ『彼女の罪を知りたい』なんていう依頼をしたんだ」

「弱みを握りたかったから」

「えっ」

本当なら、勝手に占い師オリハシをオカルトの専門家に仕立て上げたことにも文句を言いたかったが、いま話すべきはそこではない。

Ｗｈｙ《なぜ》で投げかけられた彼の問いに、最もわかりやすくＢｅｃａｕｓｅ《ゆえに》のかたちで端的に答えると、修二はぎょっとしたようだった。言葉選びがあまりにも直球すぎたなと反省しつつ、扇《あお》ぐように手を動かす。

「すみません、悪い言い方をしました。依頼人は、友人が何かを抱えていることはわかっていた。でも、自分という存在が、彼女にとって、それを話すに値しない人間だと思われているのもわかっていた……正確には、そう思われていると、依頼人は考えてしまったんではないかと思います」

「どうして」

「依頼人には友人が、依頼人から距離を置こうとしているように思えたんでしょう」

約束を反故《ほご》にされたこと。揃いのストラップを外されたこと。何かを隠すようによそよそしい態度……吸血鬼の仲間になったせいと考えてもつじつまは合っただろうが、一方で、依頼人との関係を改めようとしていると思うのも自然な思考だ。

「依頼人は友人のことを、吸血鬼そのものではなく、吸血鬼の『使い魔』になったと表現しました。それは、友人に、主《あるじ》……依頼人以外の仲のいい人間が、仲間ができたと無意識のうちに考えていたということの傍証になります」

仲のよかった友人が、自分のもとを離れて、別の仲間と親しくするようになった。

依頼人自身は、いつまでも変わらぬ友情と思っていたが、そう考えていたのは自分だけだったのではないか。互いの環境が変わり、相手は自分から離れていこうとしている。そう思った依頼人は――

「弱み、というのは言いすぎました。依頼人は、友人との繋がりが欲しかったのではないでしょうか。自分を頼ってもらえるような理由とか、力になるための口実が」

あなたの背負った悪も罪も、自分なら親身になって話を聞くことができると手を差し伸べる、そのための口実が欲しかった。依頼人の思考から、吸血鬼がどうとかいう勘違いを引いたら、残るのはただ、それだけのことではないだろうか。

「だけどこの一件を解決するためには、ご友人本人が動かなければならなかった。依頼人が関係できる出来事ではなかったというのが、わたしの見立てです」

「今回のことに関しては、依頼人が口を挟む余地はなかったってことか。オリハシを頼ってくれたことで、友人の救いにはなったものの、依頼人自身が直接力になれることはなかった。……本人にとっては侘《わび》しいというか、寂《さび》しい結論かもしれないな」

修二の口調は、どこか同情めいていた。誰かの力になりたくともなれない自身の無力さを、まるで身をもって知っているような。

——そんな、車中の会話を踏まえて。

改めて、奏は目の前のディスプレイに映る依頼人の姿を見た。

「お客様。何か、先日のことに加えて、わたくしにお話しになりたいことはございますか?」

「いえ……先日お願いした占いの結果が出たと連絡をいただいたので、本日はそれを聞きたいと思っています。それだけです」

「承知しました」

素知らぬ様子で頷いて、テーブルの上のトランプをかき集めながら思考を整える。この様子では、オリハシの遣いが友人に会ったことは、まだ依頼人の耳に入っていないようだ。

しかし彼女は、奏がいまから語ることに半ば当たりがついているとでもいうような、痛ましい表情を浮かべている。自分自身でも、予想はしているのかもしれない。世はままならぬもので、自分の望むようには動かないと。

奏はトランプを揃えてテーブルの端に置いたあと、転がっていた小枝を取り上げる。細いそれは、少し力を入れるだけでぽきりと折れた。

「結論から申し上げますと、お友達は吸血鬼やその使い魔、眷属となっている様子はございませんでした。わたくしの手の者に、オカルトや超常現象のプロがおります。その者が状況を確認し、否定をしておりましたので、こちらは確かな結論でございます」

オカルトや超常現象のプロフェッショナル。当初、吸血鬼の噂に目をきらきらさせていたその「プロ」は、奏が吸血鬼である説を否定した結果しょんぼりしてこそいたものの納得はしていたので、決して嘘はついていない。

依頼人は、そうですか、と一言、ささやくように吐いた。

「確かにご友人には、よろしくない陰が見えます。ですがそれは、吸血鬼とは別のものでございましょう。また、その陰りも近日中には解消されるはずです。ご友人は吸血鬼やその他のオカルトに関係する存在ではございませんでした。また、いま彼女を苛《さいな》んでいるものも、あなた様の星の巡りとは交わることのない、ご友人のもとで起きる出来事でございます。いずれにせよ、お客様のあずかり知らぬところで起き、解決される事柄《ことがら》でございました。どうぞご安心召されますよう」

さも占った結果よろしく、事実を告げる。

すると依頼人は傷ついたような顔をした。

「それは……よかったです」

本当によかったと、思っているのかどうか。そんな奏の予想どおり、依頼人はまるでいたたまれなくなったように、画面から視線を逸らす。

「……わたしは、あの子にもう、必要とされていないのですか」

しかし、

「いえ」

そうと言い切ってしまうのは、早計に過ぎる。

奏はいま、依頼人に、あなたの考えたような不幸はなかったと言った。「確かにあなたの友人に不幸は降りかかっているが、それはあなたが踏み入る理由など一切ないところで起きているものだ」と伝えた。

ただ、依頼人の願いの本質は、奏の推測が正しければ、「これからも親友でいたい」というだけのありふれた願いだ。それは、彼女の友人の置かれた現状、そして友人がいま最も必要としているものと、まさしく一致する望みでもあった。

だから。

はっと顔を上げた依頼人に、奏は語る口調を変えず、

「今回の吸血鬼の騒動に関しては、あなた様のかかわるべきことではございませんでした。それは間違いのないことです――ですが。あなた様の存在が、確かに今後のご友人の支えになるとも、占いに出ております」

「それは……」

「あなた方の間に、特別な秘密、約束、繋がりなど作ろうとなさらなくてよろしい。ただ、互いの必要とするときに、寄り添えばいいのです。それで大丈夫。だって」

奏はトランプの山からカードを二枚取って、テーブルの中央に並べて、捲《めく》った。

「ご友人なのでしょう？」

並んだトランプを右手で指して、画面の向こうに笑いかける。

かき集めるとき仕掛けた狙いどおり、二枚のカードは同じ数字が書かれている。

あなたにお願いしてよかった。依頼人は最後、どこか吹っ切れた様子で、礼を言った。

「思い出と、変わらぬあなたとのひとときが、きっと、ご友人の救いになるでしょう」と奏が答えれば、「そうであったら嬉しいです」と笑ってくれた。

よかった。奏は、ほっと安堵《あんど》のため息をついた。しかし。

続く依頼人の言葉に、奏の脳は再び緊張を取り戻すことになる。

「占い師オリハシを紹介されて、相談することを勧められたときは、本当にあなたで大丈夫なのかと、半信半疑だったけれど。でも、噂と違って、とても親身になってくれる占い師で、あなたを頼れてよかったです。──ありがとうございました」

噂？　紹介？

「あの、お客様、その噂って──」

しかし奏が呼び止める前に、依頼人はシステムから退出してしまった。暗い画面に、「会議参加者はいません」と表示が出る。

ほんの少しだけ怪訝《けげん》に思ったけれど、あまり深く気にすることではないのかもしれない。依頼人がオリハシを頼るきっかけには、友達の紹介というのも珍しくない。そもそも奏は、姉のような力を持っているわけではないし、依頼人自身も特に強調して言い残したわけではないし。根拠のないものなどに頼るべきではない。

今日も「オリハシの仕事に付き合う」と言ってきた修二が、奏の代役業が終わるのをいつものようにリビングで待っている。修二が心配しないうちに、諸々片づけてリビングに戻るべきだ。そう考えて被ったままのフードを取ろうとしたとき。

コロンコロン、とスマートフォンが鳴った。

サイレントモードにしておくのを忘れていたらしい、危ないところだった。受話ボタンを押すと「もしもし」と聞き慣れた友人の声が耳に届いた。

「ハイゴー？」

「お疲れ。いま大丈夫？」

「あ、うん。どうしたの？」

「ラインか何かでいいかなって思ったんだけど、やっぱり直接説明した方がいいと思って。この間頼まれた、オリハシの記事の話」

学食で拝郷から、オリハシの悪評について聞かされたとき、奏は拝郷に、それについてもう少し詳しいところが知りたいと言ったのだ。

周囲の人間が自分を守ってくれようとする気持ちそのものは、とても有り難いし感謝しているし感激もするし（相手によっては）求愛も求婚もするのだが、一方で、守られてばかりいるのは性に合わない。すべてに理屈で答えを出そうとする自分の性格ゆえか、自分のあずかり知らぬところで自分絡みの物事が動いているのにその全容が摑めないのは、背中の手の届きにくいところが蚊に刺されたようで、たいへん居心地が悪かった。

奏の保護者よろしく振る舞おうとする修二にはその心理をなかなか理解してもらえないが、友人である拝郷ならきっとわかってくれるだろう。そう思ってお願いしたところ、彼女は渋りながらも調べものを引き受けてくれた。「嫌だって言ったら、きっと奏は一人で調べに行ってしまうだろうから」と。さすが拝郷、奏のことをよくわかっている。

「持つべきものは友人よ」

「何、それ」

困ったようにというか、若干引いたような様子すら含めながら拝郷は言った。先ほどの吸血鬼騒ぎの依頼の件もあって、一応心から言っているのだけれど、そのあたりのことを知らぬ拝郷には伝わるまい。

こちらの事情はともかく、拝郷の調査報告とは。

「なんでもない。それで、記事のことで何かわかったの？」

「うん。ええとね」

カチ、カチとクリック音が聞こえた。拝郷もパソコンを操作しているらしい。

「奏はさ、リン・リーフっていう占い師、知ってる？」

初めて聞く名前だ。てっきり例のカンジョウとかいう人間の話と思っていたから、首を傾げてしまう。同時に、ぽさ、とフードが肩に落ちた。

「わかんない。誰？」

「URL送っとくよ。最近話題の、高校生占い師なんだって」

スマートフォンから、ポロン、と着信音が鳴った。届いたメッセージを開くと、そこにはSNSのアドレスが書かれている。

「ウェブ上の記事ってさ、有名人とか、インフルエンサーが書いたものとかじゃない限り、拡散する人がいなきゃまず広まらないんだよ。だけど、あのカンジョウっていうライターのことをざっと検索した限りでは、そこまで有名な人とは思えなかった。あのブログだって、記事は、あの占い師オリハシのことを書いた一件だけだったしね」

「うん」

「で、あの記事の内容を主に拡散したのは誰なんだろうって思って調べてみたら、この、リンっていう占い師。あのカンジョウって人の書いた記事のことを真に受けて、オリハシのことをあんまりよくない感じで言ってるんだよ。信じて頼ってきた人を食い物にするような占い師なんて絶対に許せない！　って」

アドレスをタップして開くと、紺色を基調としたページが開いた。ページの最上部に、装飾過多の欧文フォントでＰｒｏｆｉｌｅと書かれている。

高校生占い師リン・リーフ。主にペンデュラムを使用して、依頼人の心の奥底にあるメッセージを読み取り、アドバイスを行う占い師。本人らしき画像データも掲載されているが、見た目はまだ若干の幼《おさな》さが残る、愛らしい女の子といった様子だ。リンというのが本名かどうかはわからないが、日本の女子高生らしい外見ではある。

さらに別のページにはブログがあり、毎日の星占いとか、パワーストーンのイロハとか、中高生が好みそうな記事がたくさん上げられていた。適当に、一覧表の真ん中あたりの記事を開いてみる。「今日もありがとうございました」と題された記事の中身は、以下のようなものだった。

今日は二組のお客様がいらっしゃいました。

また、先日恋愛運に関して占いをしたお客様からメールをいただきましたが、なんと、片思いの方への恋が叶ったそうです！

恋を叶えるのに一番大事なのは本人の努力ですが、「リンさんに占ってもらってよかった」って言っていただけて、とても嬉しかったです！

恋や友情でお悩みの方は、リン・リーフの占い処へぜひどうぞ！

もちろんそれ以外の方も！


「ねえねえハイゴー、この子の文章、ビックリマークすごい多いよ」

「高校生らしい若さがあるよね」

「やっぱり二十代ともなると、十代の若さがまぶしいよね」

アラサーの修二や、それ以上の年代の人間に聞かれたら渋い顔をされそうだ、と頭の端っこで思いつつそんな会話をする。

記事の一覧に戻りスクロールしていくと、その中に「占い師オリハシのやり方はよくないと思う」というタイトルの記事が一つ、並んでいた。此度《こたび》のオリハシの疑惑に関する彼女なりの思いがあれこれと書かれているが、まとめて言えばタイトルどおりの記事だった。いま流れている噂が真実かどうかはわからないけれど、もし本当だとしたら、占い師としてその力を悪用するのはよくないことだと思う——と。オリハシに対する否定的な印象が見受けられる。

「そういえば、左々川さんがうちに来たとき、『占い師にもあの噂を信じている人がいるらしい』って言ってたけど、この人のことかな」

「そうかもね。他の占い師のブログとかもざっと眺めてみたけど、他はよくも悪くも沈黙って感じだよ。ほら、オリハシって有名な占い師じゃん。同業としては、疑惑の段階では下手に触れない方が頭いい行動だと思うんだよね」

「下馬評に上らせることも避けてる、ってこと」

「そ。だけどそんな中、リン・リーフは噂の真偽も調べずにそうやって話題にしちゃうところ、若さゆえの正義感の暴走って感じ」

とはいえそのリンという占い師の経歴に嘘がないのなら、我々とさほど年齢は変わらない。奏と修二の歳の差よりも近いはずだ。愛さえあれば歳の差なんて関係ないけれど。

「取り敢えず、わたしがざっと見たところではそのくらいかな。また何かわかったら伝えるね、カンジョウって人のことも調べてみる」

「ありがとう。持つべきものは友人よ」

「だから、何なのそれ」

今度はちょっと笑いぎみに、そう言った。

また明日学校で、と挨拶して電話を切る。さて今度こそパソコンの電源を落として愛《いと》しい人の待つリビングに戻るべくマウスに手を伸ばすと、

——会議参加リクエストが届いています。

いつからだか、パソコンの画面にそう表示されていた。

先ほどの依頼人が戻ってきたのだろうか。ならばちょうどいい、依頼人の話を聞くついでに、噂と紹介とやらについて詳しく聞いてみようと、奏はフードを被り直してもう一度パソコンをオリハシのウェブ会議システムに接続する。

しかし。

「こんにちは、占い師オリハシ」

想像と反して、画面に映ったのは依頼人の顔ではなく、奏よりいくつか年下に見える女の子。画面の彼女はしたり顔で腕を組み、胸を張り、自己紹介をしてくれた。

「今回の依頼に対するあなたの占いは、及第点と言ったところかしら。このリン・リーフが褒めてあげるわ」

第二章　失われた首飾り

初めてご連絡させていただきます。オカルト雑誌の記者をしている森重《もりしげ》と申します。現在わたくしどもの雑誌では占い師オリハシの特集「実録系ライターが語る『オリハシのこがすごい！』」を企画しており、ぜひカンジョウ様にも取材をさせていただきたくご連絡した次第でございます。占い師たちの評判や情報に精通していらっしゃるカンジョウ様の深い知識をお伺いできましたら幸甚です。ご多忙のところ恐れ入りますが、ご検討賜りたくよろしくお願い申し上げます——

誤字はない。たぶん。

コーヒーのにおい漂うカフェの一席で、修二《しゅうじ》は仕事用ノートパソコンのディスプレイを睨《にら》んでいる。取材申し入れのフォーマットを適当に書き換えたものを、二度ほど読み返してチェックしてから送信ボタンをクリック。——詰めていた息を吐《は》いて、視線を上げた。

時刻は午前十時。アメリカンコーヒー一杯でチェーン系カフェの一席にもう二時間ほど居座り続けているのは、別にノマドワーカーを気取っているわけではない。職場や自宅でこの仕事をする気になれなかったというだけの話だ。

渦中の人物、カンジョウ氏への取材の申し入れ。お世辞にも気分のいい案件ではないから、メールを書いている最中に同僚に話しかけられたくはなかった。かといって自宅は落ち着いて仕事をできた環境ではない。夏頃、諸般の事情から引っ越しをしたが片づけをしている暇がないせいで、未開封の段ボール箱がワンルームを圧迫しているのだ。奏《かなで》の「新居訪問したいです！」という要望にも、耳を塞《ふさ》ぎ続けている。

というわけで車を適当に走らせて気分転換のドライブのあと、Ｗｉ－Ｆｉのあるカフェに入り仕事を始めたが、それでも苛立《いらだ》たしい気分が消えるわけではない。オリハシをこき下ろした人間に教えを請《こ》うメールなど、誰が好き好んで書けるものか。

――折橋《おりはし》はいま、何を思っているのだろう。

ぬるくなったコーヒーを一口、気分を変えるためだけに飲み込んで、考えるのは友人のこと。いまのところ自分に寄せられた彼女からのメッセージは左々川《ささがわ》からの伝言だけで、奏を守れという指示以外は何もわからない。電話しても繋《つな》がるのは留守番電話サービスで、メールは見ているのかも定かでない。折橋はいま、どこで何をしているのだろう。昨今のことに、心を痛めてはいないだろうか。

マイペースで謎《なぞ》めいていて飄々《ひょうひょう》としていて癖《くせ》が強くて何を考えているかわからない、そういう彼女のどこに惚《ほ》れたのかと聞かれたら答えに迷ってしまう程度の心中だが、それでも彼女をいたずらに貶《おとし》めるものがあれば盾になりたいと思うし、隣にいて愚痴《ぐち》の吐き出し口程度にはなりたいと思う。

　昨日めでたく解決となった、「吸血鬼の使い魔」の依頼を思い出す。大学生の友人関係が生んだすれ違いは、最終的に、依頼者にとって悪くない結論に落ち着いたようだった。そのことには心からよかったと頷《うなず》きながらも、つい自分の大学時代を思い出す。奏には「友人がすべてではない」「一人行動も捨てたものではない」という旨の話をしたが、めでたく大学デビューに失敗したと自覚したときはやはり胸に去来するものがあった。

　一方、そんな思いを微塵《みじん》も抱いていないようだったのが折橋紗枝《さえ》だ。あるとき、自虐のように自分たちのスタンスを話した修二へ、同じく交友関係が狭いはずの彼女は興味なさそうにこう言ったものだ。

「わたしには奏ちゃんがいるからいいの」

　それが強がりではなく本心であること、その奏ちゃんとやらが彼女の唯一の家族であることは、後から知った。……彼女を支えているもののラインナップに自分も加えてもらえたら、と思い始めたのもその頃だ。

　しかし多くを望むのは、伝えることを放棄した自分には過ぎたものだ。結局のところ、彼女の愛妹——こちらも姉同様に癖の強い——である奏を守ること自体が、きっと「折橋のため」に繋がるのだろう。ならばそれを叶《かな》えられるよう最善を尽くすことしか、いまの修二にできることはない。

そしてそうするためには情報が不可欠だ。手持ちのファイルから、ある女占い師の資料を広げたとき、

「……ん？」

視界の端《はし》で、スマートフォンの画面が点《つ》いた。

ロック画面にポップアップした通知はメール受信を告げるものだったが、そこに書かれた送信者名が見慣れないものだったので、つい二度見した。数ヵ月前、なりゆきで連絡先を交換していたものの、この人と実際に連絡を交《か》わしたことはほとんどない。対象と不仲だというわけではなく、単純に、やりとりをする仲ではないというだけだ。

どういう用だろう。画面を撫《な》でて、受信メールを開く。いま何が起きているのか、自分が何をすべきか理解するのに、文面を何度も読み返す必要はなかった。

あきれと怒りの入り交じった感情が湧《わ》くのを自覚しつつ、通話履歴を呼び出す。

＊＊＊

占い師リン・リーフ。巷《ちまた》で人気花丸上昇中の、高校生占い師。

クリスタル製のペンデュラムを使用してダウジングを行い、依頼人の運命を占う。

自身と依頼人の潜在意識を霊的に繋ぎ対話することで、依頼人が真に求めるものを見抜き指し示す。彼女が愛用している透き通った大ぶりのペンデュラムに映るものは、曇りなき確かな未来である。

「その名と実力はメディアにも広く取り上げられ始めて注目を集めており、美少女高校生占い師として、特に同世代である中高生から多くの支持を得ている、らしいよ」

「へえ……あ、ハイゴー、注文決まった？」

「わたしモンブランにする。奏は？」

「ううん、季節のタルトかな」

「あ、そっちもおいしそう」

「少しはわたしに興味を持ってくれない？」

向かいの席で和気あいあいとメニューを広げる奏たちに、占い師リン・リーフは苛立った様子を隠さず文句を言った。

——吸血鬼の依頼を解決した、あの日。勝手にオリハシのウェブ会議システムに接続して、勝手に人を評価してきた占い師リン・リーフへ、奏はつとめて平静を装い、オリハシとして相手に尋《たず》ねた。

「及第点、依頼、とは……どういうことですか」

「たいしたことではないわ。わたしに占いの依頼をしてきた依頼人に、わたしではなく占い師オリハシに占ってもらうように言っただけ」

「オリハシに占いを？　どうして？」

「どういう人なのか知りたいと思ったからよ。最近噂《うわさ》の、占い師オリハシという人がね」

占いなんて非科学的なものを奏は信じていないが、それでも、依頼人の藁《わら》にもすがりたいという切実な気持ちは理解できる。

そういう迷える子羊の気持ちを利用してまで、他人の価値を計ろうとはいかがなものか――とも思ったが、占いなどかけらも信じていなければ神秘の力も持ち合わせていない、さらに言えばオリハシ本人ですらない奏が依頼を引き受けている時点でどっこいどっこいだったので、非難するのはやめておいた。

それからリンが「一度、直接話をさせろ」と駄々をこねたので、根負けして会う約束をしたのだった。そしてその約束の日というのが、それから一日後にあたる、本日である。

指定された上野のカフェで、奏は、向かいの席に並んだ二人の女性を改めて見た。

一人はリン・リーフと名乗る、高校生占い師の女の子。確かにその面立ちは、拝郷《はいごう》から紹介されたSNSの写真に限りなく近い。カンジョウの書いた記事をネット上に広く拡散した張本人である。

その隣に座るのは、細身の女性。通った鼻筋とやや垂れがちの目元を、大きな黒縁の眼鏡《めがね》で隠している。奏やリンよりも年上に見える、地味というか「野暮ったい」様子の彼女は、ビアンカ・U・ガランと名乗った。隣のリンを手で示し「先生の助手をしています」と、こちらはリンと違い、肩を常に縮こまらせ、一歩引いた振る舞い……

「あの、ビアンカさん」

「はい？」

「以前どこかで会ったことがありますか？」

「あなたと？　……いいえ」

ないと思います、とビアンカは言った。

一瞬、レンズの向こうの柔らかい目尻《めじり》に既視感を覚えたような気がしたのだが、考え違いだったか。そもそも自分には姉のような力はないのだから、そんな曖昧模糊《あいまいもこ》な感覚でものを言ってはいけないと反省——ついでに隠し撮り一枚。

二人は一枚ずつ、奏に名刺をくれた。リン・リーフと、ビアンカ・U・ガラン。リンの肩書は「占い師」で、ビアンカの肩書は「助手」。ビアンカの方はBianka U Garanとアルファベット表記もついていた。ビアンカのスペルはBiancaではなくBiankaで正しいらしい。

そして一方、いつもどおり「占い師オリハシの遣い」としてこの場に訪れたのは奏、そして同じく遣いとして奏の隣に座しているのは、いつもの奏の相棒にして想い人《おもびと》こと森重修二――ではなく、

「……ねえ、奏。ここにいるの、本当にわたしでいいの？」

「いいの、いいの」

メニューに顔を隠すようにして、不安そうな様子で奏に念を押すのは、奏の学友の拝郷三矢子《みやこ》である。先日の依頼のとき、講義の代返をしてもらった礼に茶を奢《おご》らせてほしいと言って呼び出したのだ。待ち合わせ場所で初めて同席者について説明された拝郷は、想像どおり目を丸くしていた。

「このリン・リーフっていう占い師について、ハイゴー、いろいろ調べてくれたでしょ。一緒にいてくれたら話がスムーズかなって。ここのお茶代はちゃんと奢るし。ね」

「わたしは別に、構わないけど……」

メニュー越しにちらりと、向かいの席の二人を窺《うかが》い、

「今日のこと、修二さんには言ってあるの？」

奏はにこりと笑った。

「謎めいた女って魅力的だと思う」

「奏」

咎《とが》めるように名を呼ばれるが、奏は涼しい顔で無視をした。

話題の占い師であるリン・リーフから茶に誘われたという話を修二に報告していないのは、姉に「くれぐれもよろしく」と念押しされただけであれほど気をそぞろにしてしまう彼へ、過剰に情報を与えるのが忍びなかったからだ。——というのは建前で、噂の人物に呼ばれたから行ってくるなどと馬鹿《ばか》正直に言ってしまえば、絶対に外出を止められただろうから。

「さて」

注文が終わって、メニューを片づけ、本題に入る。拝郷はしばらくちくちくした視線を奏に向けていたが、諦《あきら》めたようだった。スマートフォンを操作してから鞄《かばん》にしまい、せめて姿勢だけでも関係者らしくしようと努《つと》めている。

「オリハシは多忙でして、急なことで時間が作れず、残念がっておりました」

「オリハシが残念がっていた？　わたしに会えなくて？」

「ええ」

「ふうん、そう」

リンは勝ち誇ったように、ふん、と笑った。表情の豊かな人だ。

「このたびは、リン先生のためにお時間を作っていただきありがとうございます」

腕組みをしてふんぞり返るリンの隣で、丁寧に事情を説明してくれるのがビアンカだ。彼女の立ち位置は、助手というよりも保護者のようである。礼をしたビアンカの、長い髪が一房、耳から落ちて前に垂れた。

「先生は、かの有名なオリハシ先生に、強く興味を抱いておりまして……一度お目にかかりお話をしたいと、常々お考えでいらっしゃいました。ご本人にお目にかかれないのは残念ですが、ご関係者の方と知り合えたのは嬉《うれ》しい限りです」

「左様ですか」

と頷きながら、奏は二人の様子を観察する。

一度画面越しに占い師オリハシとしてリンと会っている手前、奏とオリハシの関係を怪しまれる可能性も考えないではなかったが、いまのところ、彼女らに奏のことを疑っているような様子は見られない。いまの「そこらによくいる大学生」の格好をした奏と、あのミステリアスな雰囲気の占い師オリハシを同一人物として繋げることは、たいていの人間にとって至難の業だということだ。

奏はにっこりと、人好きのする笑顔を作った。

「わたしたちからも、お二人に伺いたいことがあるのですが、よろしいでしょうか」

「いいわよ」

いちいちふんぞり返らないと喋《しゃべ》れないのだろうか、この占い師は。そんなことを思いながら、奏がいつものノートを開いたとき。

コロン、コロン、コロン。

「あ、すみません」

奏のスマートフォンの、着信音が鳴った。

——うえっ、とつい声に出てしまったのは、画面に表示された発信者が、普段なら嬉しいことこの上ないがいまに限っては一番見たくない名前だったからだ。

修二さん、と表示されたスマートフォンを持ち、店の入り口付近まで歩く。さて、どうしよう。この場で下手な受け答えをして怪しまれるのはつまらないが、かといって電話に出ないのも怪しまれる。

致し方あるまい。適当に煙《けむ》に巻《ま》こうと深呼吸一つ、受話ボタンをタップする。そして、

「あっもしもし修二さん？　あなたのラブリースイートハニーカナちゃんですよ！」

「十分で行くから待ってろラブリースイートバカ」

たわ言は聞きたくないとばかりに、たったそれだけで電話は切れた。

リダイヤルするも、電話が繋がる様子はない。通話時間はひどく短かったけれど、吐き捨てるような声は確かに怒りを湛《たた》えていた。電話では何一つ話していないのに、いや、奏が電話に出る前から修二は奏の現状を知っていたように思われる。十分で行く、と時間まで明確に示したのだから、現在地まで把握しているらしいし、罵倒《ばとう》したということは、きっと誰と会っているのかもわかっているのだろう。

しかし、なぜ気づかれたのか。情報が漏れる余地はなかったはずだ。

戻った奏が「失礼しました」と椅子《いす》に座ったと同時に、拝郷が不自然な様子で奏から目を逸《そ》らした。

まさか。

「……ハイゴー?」

小首を傾《かし》げた友人は、自分のスマートフォンを振りながら、

「またわたしまで怒られるの嫌だもん」

「裏切り者!」

また、というのは以前、ある施設に攻め入ったときのことだ。

修二を置いてけぼりにして、姉のいる宗教団体の施設に奏と拝郷の二人で乗り込んだところ、姉と並び三人で修二に説教されたことはまだ記憶に新しい。

「何、仲間割れ？」

「いいえ。もう一人合流するので待ってほしいっていうだけです」

にこにこ笑顔で進行する拝郷と、なんとなく蚊帳の外の気分を味わう奏。

拝郷の手元に置かれたスマートフォンを盗み見ると、画面には「ありがとう。すぐに行くから到着まで世話を頼む」という受信メールが表示されていた。彼が到着するまでに、この占い師に聞きたいことをすべて聞いてしまおうかと思うが、拝郷《ユダ》が同席している以上、遅かれ早かれ会話内容は筒抜けだ。

各々ケーキをつついていると、修二は本当に十分で来た。急いで来たはずなのに焦った様子は微塵も見せず、代わりにいかにも作ったような笑みをその顔に貼《は》りつかせながら、

「やあ、遅れてすみません」

先ほど連絡を受けたばかりの席でも訳知り顔で話に途中参加できるのは彼自身の特性か、それとも記者として培ったスキルか。伝票を持ってやってきた店員に、メニューも見ずホットコーヒーを注文すると、遠慮もなくICレコーダーとノートを取り出した。

「今日来るのは、そちらの二人だけと聞いていたけれど？」

不審なものを見る目をしたリンにも動じず、懐《ふところ》からさらに何かを出す。

「申し遅れました。わたくし、こういうものです」

名刺だった。まずリンに、次にビアンカへ。座ったまま受け取ったリンの隣で、ビアンカは席を立ち「頂戴《ちょうだい》します」と受け取った。

「オカルト雑誌の記者をしている、森重と申します」

おや。

奏には少々意外に思えた。修二が占い師オリハシの仲間として同席するときはたいてい奏と同じ「占い師オリハシの遣い」としてであって、何らかの理由がない限り、本職である記者と名乗ることはしない。修二はにこりと笑うと、ノートを開き、高見えするボールペンをノックする。記者然としたその姿勢からどうしても違和感がぬぐえず、修二を見ると、テーブルの陰《かげ》で彼に手を摑《つか》まれた。

黙っていろ、のサインか。どういう意図があるのかは知らないが、ここでの会話の主導権を奏に握らせたくないらしい。

「占い師オリハシの取材を主に行っており、此度《こたび》のリン先生のご発言にも興味を持っておりました。占い師オリハシがあなたと接触を持つという情報を得まして、ぜひ同席させていただきたく馳《は》せ参《さん》じた次第でございます」

「ではあなたは、オリハシから指示を受けてここに来たわけではない？」

「はあ。ですがリン先生、わたくしの提案は、あなたにも悪い話ではないかと」

「……というのは？」

「わたくしは占い師オリハシ本人に取材を申し入れ、記事を書いておりますので、それ故《ゆえ》わたくしの記事は、恥ずかしい話、オリハシ一方からの情報に頼りきりになっておりました。ここ最近のオリハシの評判はわたくしの耳にも入っております。いま一度、フラットな視点でオリハシの取材をするいい機会であるかと思いまして」

「たとえそれが、あなたの取材先を追い詰めることになるとしても？」

「記者とはどのようなときも真実を追い求めてしまう、哀《あわ》れな生き物でございます。もしそれが懇意にしている取引相手の利ではなかったとしても、自分の、真実を報道したいという欲は抑えきれませんでしょう」

宗旨替えも厭《いと》わない、というような言い方だ。姉が白だと指させば、黒も白だと叫べるくせに。

ともかく彼が舌先三寸の言葉を連ねると、リンは「そこまで言うなら同席を許しましょう」と許可を出し、ビアンカは「先生がおっしゃるなら」と同意した。

「それではリンさん、わたくしから数点質問させていただきます。そちらのオリハシの遣いと質問が重複することもあるかもしれませんが、ご容赦ください」

「ええ。どうぞ」

「まず、先日、オリハシに解くようにおっしゃった、吸血鬼のご依頼。あれは、リンさんが依頼人に、オリハシへ頼むようにと言ったそうですが」

「そう。さっきも言ったけれど、彼女の依頼に対して占い師オリハシがどういった占いをするのか、占い師としてのスタンス、意識を知りたかったの」

「なるほど。オリハシの占い結果は、依頼人の方からご連絡があったのですか」

「オリハシから依頼人へ連絡があったすぐあとに、依頼人の話せる範囲で聞かせてもらったわ。依頼人はオリハシの占いに満足していた」

「リンさんはそれに対し、どのような評価を?」

「まあ、及第点と言えるかしらね」

「なるほど。それはなぜですか?」

修二がさらに突っ込んで聞くと、リンは戸惑ったようだった。

「なぜ、って?」

「すみません、説明不足でした。あなたは例の噂の件で、占い師オリハシのことを非難していらした。あるライターの調べた、オリハシがある詐欺《さぎ》事件にかかわっていたという疑惑を記した記事に対し、そういった人の道に外れた行いをする占い師を断じて認めるわけにはいかない、といった内容でした。そうであるのに、たった一件、依頼人の希望に沿った占いができたというだけで彼女の仕事ぶりを認めるというのは、あなたのスタンスに照らすといささか不自然に思えたもので」

「わたしの判断に文句を言いたいの？　記者風情が」

「いえ。事実を知りたいだけです。記者として」

押せば涼しい顔で引く。

「もう一つ。その占いの結果であなたがオリハシの評価を改めたとして、そこにどのような意味があるのでしょうか？　リンさんは此度の占いでオリハシは及第点を得たとおっしゃいましたが、それによってオリハシ側にはどのようなメリットを得ることが」

「——あなたに話すようなことではないわ」

リンは渋《しぶ》い顔で、修二の言葉を遮《さえぎ》った。厚かましい記者の振る舞いに耐えかねたようだ。「それに」と続ける。

「たった一件の仕事だけ、というのは誤りね。オリハシの遣い、これを」

リンは、縦長の白い封筒をテーブルに置いた。奏に向けて滑《すべ》らせるように差し出す。

「何が……」

「あなたにではないわよ。記者」

奏に代わって手を出そうとした修二から逃れるよう封筒を動かし、ぴしゃりと言った。

奏が修二に視線を向けると、彼は不満そうにしながらも目で「取っていい」と言ったので奏は封筒を引き寄せる。封はされていない。中を覗《のぞ》くと、三つ折りになったコピー用紙が入っていた。

取り出し、開く。そこに書かれていたものは、

「依頼のメール？」

「先の依頼と同じよ。その依頼人を占って、未来を示してみせなさい」

リンのもとに寄せられた、依頼人からのメール。それをプリントアウトしたものだった。

「わたしは今日、それを渡しに来たの。オリハシはこの依頼人を占いで幸せにできる？　わたしのペンデュラムは、彼のことを『残念ながら幸せになれない』と言っているから」

ペンデュラム。リンの開いた手の中に、大きめの透明な振り子がある。

彼女はそれで、依頼人の運命を見るらしい。

「奏。お前はどうして学ばないんだ」

話し合いを終え、カフェを出て、修二の車で帰宅の途中。

ハンドルを握った彼が、まず選んだ言葉がそれだった。

後部座席に拝郷と並んで座る奏を、バックミラーに映る修二の目が睨んでいる。手間をかけさせた詫《わ》びにと、先ほどのカフェで修二から焼き菓子を買ってもらった拝郷は上機嫌でいるが、奏の方はそうでもない。窓の外を見たままなるべく彼の方を向かない奏の態度に、修二は怒りよりもあきれの方が勝っているようだった。

「危ないことはするなって言ってるだろう。折橋からも忠告されているって、この間話したばかりだっていうのに」

「危なくないですよ。現に今日来てたのだって、女の子二人でした」

「それで誤魔化せると思うなよ。あいつらは、例の噂を広めている。オリハシにどんな感情を覚えているか、わからないわけじゃないだろう」

「修二さんに言ったら心配すると思って」

「俺の知らないところで何かあって、取り返しのつかないことになるよりはいい」

「ぷん」

「ぷんじゃない」

ぷんである。

「修二さんだって何なんですか。勝手に乱入してきて、記者だなんて」

「嘘《うそ》は言ってないだろう。それに、向こうはオリハシを敵視しているんだ。オリハシの関係者であるお前たちが危害を加えられる可能性を考えると、あの場でリンからヘイトを受ける第三陣営が必要だった」

奏たちを守るため。

なるほどそれで、「図々《ずうずう》しい記者」のロールプレイか。

「俺はちゃんと、お前を守れるよう考えて動いてるんだ。だというのにまったく——」

「そんなことより修二さん、わたし、教えてほしいことがあるんですけど」

小言をこれ以上聞ける忍耐は持ち合わせていなかった。半《なか》ば無理やり遮ると、にっこり笑って彼の機嫌を直せそうな話題を振った。すなわち、

「さっきリン・リーフが持っていたペンデュラムって、どういうものですか？」

オカルトである。

「未来を見るって言ってましたけど、やっぱり不思議な力とかわんさか使っちゃう感じですか？　とても気になるなぁ。カナちゃん教えてほしいなぁ」

「……ペンデュラムとは」

迷った挙げ句、天秤《てんびん》は趣味の方に傾いたらしい。しぶしぶ、といった感じで説明を開始した。

話し初めこそため息交じり、低くあきれたような声だったものの、そこは修二という人

である、長くは続かない。奏の作戦どおり、みるみる彼の口調は明るくなっていく。

「ダウジングという手法で占いを行う際に必要な道具の一つだ。そもそもダウジングとは何かというと、『目に見えないもの、わからないことを道具によって知る方法』と言える。古代ギリシャの歴史家へロドトスの著書にも、水脈を探すためのロッド・ダウジングの技術が描かれているそうで——」

「わぁすごい、オタク特有の早口ってやつだ」

「しっ」

感動の声を上げた拝郷の口を慌てて塞ぐ。せっかく気持ちよく話しているところに余計な茶々を入れて、再び説教モードに変わられてはたまらない。

「現代の、占いという分野においては、潜在意識、自分を守る天使や守護精霊などと対話・交信するための手法として広く使われている」

「リン・リーフは先の尖《とが》った振り子みたいなのを持ってましたけど……L字型の棒を使ってこう、あちこち歩き回るのも、ダウジングって言いますよね」

「Y字型やL字型のロッド、ペンデュラムなど、ダウジングの道具は用途やその人の特性などに合わせると多岐にわたる。本人がそれに力を感じるというのなら、コインを紐《ひも》の先に結んだものを使ってもいい」

「コインを結んだ……なんだか、催眠術みたいですね」

「なんでもいいんだ。それが使用者にとっての交信の手段となり、使用者が『彼ら』の声を聞くことができるのなら。――で、その、ダウジングに使う振り子のことをペンデュラムという。錘《おもり》をチェーンや紐で吊《つ》り下《さ》げてその先を持ち、静止している錘に占いたいことを問いかけると、使用者の問いかけに反応して揺れたり回転したりするんだ。その動きから占いの結果を判断する」

「……それって持ってる人がぶんぶん振り回してるんじゃないですか?」

「違う。使用者が言うには、ペンデュラムが守護精霊などの意思を受けて、勝手に動き出すんだそうだ。どうだ奏、なかなかオカルトチックで夢のある話だろう」

夢というか、胡散臭《うさんくさ》い。バックミラーに映らないところで渋い顔をする奏だったが、

「あ、でもでも」

意外にも、はいはい、と手を挙げたのは拝郷だった。

「ダウジングって、本当に、動くらしいよ」

「……え?」

「おお!」

冗談を言っているようでもない友人の顔をまじまじと見つめていると、修二が感激した

ように声を上げた。

「何言ってるの、ハイゴー。変なものでも食べた？」

「拝郷さんはこちら側の人だったか。いや、奏の友達に話のわかる人がいたとは嬉しいな。そうだ、よかったら俺のコレクションを今度——」

「いや、オカルトとしてじゃなくてですね」

しかし彼女は、奏の怪しむ問いかけも修二の感動もばっさりと切り捨てた。奏の方を向き、奏の聞き覚えのない言葉を口にする。

「不覚筋動ってやつ」

「フカクキンドー？」

「そう。不覚の筋の動き、って書くんだけど。ダウジングって、使用者が道具に向けて悩みを打ち明けて、質問するじゃない？　そうすると自分の心の奥底、深層心理が質問に答えてくれるわけ。で、それが本人も気づかない小さな筋肉の動きとなって現れて、振り子を本人の深層心理が望む答えを表すように揺らすんだって。そういう考え方もあるよ」

「わかったような、わからないような」

「たとえば、ケーキとクッキーをテーブルの上に置いて『今日のおやつをどっちにするか迷ってます』って振り子に尋ねるじゃん。自分が心の奥底ではクッキーが食べたいと思ってるとき、自分自身でも気づかないうちに、持ってる振り子をクッキー側に揺らしちゃうの」

「あっなるほど」

「……そういう説もあるな」

わかりやすい説明に奏は手を打ち、修二は不貞腐《ふてくさ》れたように同意した。

「でもそういうのはちょっと夢がないよな。やっぱ大いなる力とのチャネリングって考えた方が、断然夢があるよな、うん」

「だからあながち、事実無根の眉唾《まゆつば》ってものでもないんだと思うよ。まぁ、その占いが絶対当たるのかって言われるとそれはそれでアレだし、リン・リーフがちゃんとそのあたりのことを理解していて道具を使っているかどうかもわかんないけどね」

「なるほど。だけど、ハイゴーはよく知ってたね、そんなこと」

「リンがそういう道具を使うらしいってネットに書いてあったから、気になってちょっと調べただけだよ。あっ、すみません修二さん、次の交差点を左に曲がると駅なんで、そこで降ろしてください」

「……はいよ」

何かもの言いたそうにしながらも、修二は言われたとおり車を走らせてロータリーに停車する。拝郷は菓子を買ってくれたことと駅まで送ってくれたことに礼を言うと、車を降りて、駅に向かって振り向かずに歩いていった。

さて次は奏の自宅に――と思っていたが、なぜか、なかなか発車しない。どうしたのかと運転席を見ると、修二はパーキングブレーキを入れながらこんなことを言った。

「折橋に連絡しておけよ、リン・リーフのこと」

「あ、はい」

リンからの依頼のことについても相談しないとならないのだから、言われるまでもないことだ。とはいえ、急がずおいおい、と奏は考えていたが、彼の振る舞いからすれば、いまここで連絡をしろということなのだろう。スマートフォンで姉の情報を呼び出して、さてどうメッセージを送ったものかと考えていると、

「電話にしてくれ。俺からもあいつに話したいことがある」

不思議なことを言うものだ。

「わたしを経由しなくても、修二さんが直接お姉に電話すればいいんじゃないですか？いつでも連絡取れるようにする、って約束したんですし」

「俺が電話しても出ないんだよ。メールしても梨《なし》の礫《つぶて》だし、あいつが『常に連絡が取れるように約束した』のは、お前限定ってことだろう」

「どうして?」

「あいつの考えることが俺にわかるものか」

やや腹を立てているような様子で、修二は言った。どうやら姉は、また、何かの思惑があって動いているらしい。今回は奏も知らない、何かの思惑が。もしくは、

「本当に忙しくて、返事できてないだけかもしれないじゃないですか」

「あいつに限ってそんなことはない。ランチ一食賭《か》けてもいいぞ」

嫌な信頼である。電話してみろ、と顎《あご》で奏のスマートフォンを指した。

さて、どうだろう。奏が姉の電話番号を呼び出して耳に当てると、

「もしもし。お姉ちゃんだよぉ」

ワンコールで繋がって、渋い顔の修二が「ほれ見ろ」と言った。

「どうしたの奏ちゃん。お姉ちゃんの声が聞きたくなった?」

「お姉、修二さんの連絡、無視したらかわいそうだよ」

「ううん? 修二から連絡なんて来てたっけ」

「メールも着信もさんざん残してるだろうがっ」

漏れ聞こえた声に修二が反応するものの、姉は答える気はないようだ。

姉に、リンから挑戦状(仮)を預かったことを伝え、勝手に会いに行ったうえ、余計な

ものを預かってしまって申し訳なかったと謝罪したところ、「なるほどね」と言った。何がなるほどなのか。

「黙って行ってごめんね、お姉」

「ううん。でも危ないことはしちゃ駄目だよ、お姉ちゃん心配しちゃうからね」

「わかってるよ」

「何かあったら、ちゃんと修二に守ってもらうんだよ」

視界の端で、なぜか修二が背筋を正したのが見えた。

預かった手紙をカメラアプリで写して画像を送ると、確認した姉は「他《ほか》の『代役』と同様に、依頼を受けてくれない?」と言った。姉はそれを、奏に任せられる程度の仕事であるという結論を下したようだ。また、預かってきてしまった手前、姉の手を煩わせるのは気が引けたから、奏としてはまったく異論はなかった。

「じゃ、よろしくね奏ちゃん」

「あ、待って、お姉」

「なあに?」

電話を終えようとした姉を、引き留める。奏から、他にも聞きたいことがあった。

姉はいま、どこで何をしているのか。

左々川を使い、こちらの身の安全について念を押したのはなぜか。

「奏、ちょっと代わってくれ。おい、折橋——」

しかしそれを聞く前に、電話を修二に奪われてしまう。

そして修二が姉に何かを聞く前に、姉は電話を切ってしまった。


というわけで、翌日の午前十時。

「こんにちは、星の巡りに導かれし迷える子羊よ」

照明を落とし薄暗くした部屋でパソコンをつけ、奏はいつもの文言を口にする。リンに託された依頼を遂行するためだ。

画面に映ったのは、二人組だ。男女一名ずつ、年齢はいずれも奏と同じくらい。リンから受け取った書類には、依頼人名は「矢沢悠馬《やざわゆうま》」とあった。明るめの茶色をした髪は、根元が少し黒くなっているから染色のようだ。

依頼人は、やや前のめりの姿勢で奏をまじまじと見て、

「少し意外でした」

と言った。

「何がですか？」

「リン・リーフにした依頼を、オリハシが代わりに受けてくれるなんて」

そこには、「リンではない別の占い師が出てきた」以上の意味合いが込められているようにも思えた。リンのことを知る人は、やはりリンとオリハシは不仲だと思っているのか。オリハシ側は一切意識していなかったどころか、存在すら知らなかったのに。

「助け合いですよ、助け合い。リンは多忙だということで、僭越《せんえつ》ながらわたくしが代理での占いを頼まれました。忙しいときはお互い様です。……ああ、それとも」

とはいえこちらも不仲を意識する必要はないし、向こうの方針に乗って不仲を演じてやる義理もないのだ。奏はゆったりと余裕のある笑みを浮かべ、オリハシらしいミステリアスな存在感を演出する。

「わたくしでは力不足……と、お考えでしょうか？　矢沢様」

「い、いや、そういうわけじゃ！」

「ちょっと、悠馬」

女の子が窘《たしな》めるように彼を小突き、彼は首と両手を大きく振って、否定を示した。

「ちょっと驚いたってだけで、他意はないです。本当です、すみません」

「それならよかった」

依頼人を必要以上に怖がらせてもメリットはない。安心した、という様子を声色に乗せて言う。

カメラには映らないところでノートを広げ、ペンを取り――さて。

「それでは、矢沢様。改めてご依頼内容をお聞かせ願えますか」

「はい」

神妙な面持ちで、頷いた。

「占ってほしいのは、なくしたもののありかです。『失《う》せ物《もの》探し』って言うんでしたっけ、そういうの」

「ええ。……大事なものをなくした悲しみは、いつも察するに余りある。矢沢様は、どのようなものを紛失されたのでしょうか？」

「ああ、いえ、なくしてしまったのは僕ではなくて」

彼はちらり、と横に座る女の子を見た。

「彼女なんです」

彼女。三人称としてのそれ以上の意味合いがあるのだろう。

小さく頭を下げる彼女からは、服装も顔立ちも、ガーリーな印象を受けた。フリルとレースのたくさん使われたベビーピンクのブラウス、胸元に細身の黒いリボン。赤いリップだけは大人っぽくも思えるが、それも含めて彼女の顔立ちによく似合っている。

長いまつ毛を伏せ、彼女は口を開いた。

「なくしてしまったのは、ネックレスです。彼とのペアネックレスで……」

ペアネックレス。

「なるほど、そういう攻め方も」

「は？」

「ああ、いえ、こちらの話です」

思いついた名案は、ノートの欄外に「修二さんへのアプローチ案」として記録していったん留保。「続けてください」と、先を促《うなが》す。

「ネックレスは、先日のデートのとき、たまたま立ち寄ったアクセサリーショップで買ったものです。僕のバイト代でも買えるくらいの、そんな値の張るものではないんですけど、若菜《わかな》は喜んでくれました」

若菜、というのが彼女の名前らしい。うつむく頬《ほお》が、うっすら染まって見えるのは、照れではなくチークの色だ。

「最近お互い忙しくて、ちょっとすれ違いぎみだったので、喜んでくれたようでほっとしました」

言うなればネックレスは、二人の仲の象徴のようなものだ。しかし、

「それが、なくなってしまったと」

彼女は下を見たまま、肩を小さく震わせる。依頼人は首を縦に振った。

「先日、というのは具体的にいつ頃のことでしょうか？　星の巡りを確認いたします」

「わたしたちがデートをしたのは、今日から十日前の火曜日のことです。ネックレスをなくしたのはデートの三日後だったから……今日から七日前、金曜日の朝。今日からちょうど、一週間前のことです」

「昼、カフェテリアで彼女に会って――なんだか青ざめているっていうか……疲れたような雰囲気で。元気がなさそうな顔をしていたからどうしたのかなと思って、心配事があるなら言ってくれって」

「その前の日の夕方には、確かにあったんです。でも」

ため息に乗せるように重い声で「なくなってしまって」と言った。

「盗まれた、とかではないと思うんです。彼はそれを、少し気にしていたみたいですけど……わたしの友達に、そういうことをするような子はいないし」

「あ、でも」

おや。

「実は、ちょうど同じ日の朝、僕の友人が『辞書をなくした』って騒いでいたんですよね」

「ご友人も？　それは確かに、同日のことですか」

「はい。本屋で注文したけど、届くまで日数がかかって困るって苛立ってたからよく覚えてます。……だから僕も、学内で何か盗まれる事件が頻発しているのかと思ったんですけど、学校のポータルに注意情報は出てなかったし、他の友人たちにもそういうことは起きていなかったので」

以上のことから盗難ではない、と言いたいのか。

だからといって、その線が完全に消えたわけではないが。まったくの第三者が、ネックレスを目にしてどうしても欲しくなりつい魔が差した、ということは考えられる——けれどそうであったとして、どうやってその誰かを見つけるべきか。

奏はノートに「なくした？　盗まれた？」と走り書き。手元に置いた物騒《ぶっそう》な言葉を、依頼人には悟らせないよう気をつけながら。

「他に何か、ここ最近、気になったことはありますか？　お二人の周りにあるよからぬものをこう、ええと、見てみましょう。水晶とかで。いい具合に」

横に置いたこぶし大の水晶を、カメラの範囲に引っ張ってくる。ただそれをどうするのが占い師らしいのかはなおわかっておらず、布の上で右手と左手の間をころころと転がしていると——依頼人が「そういえば」と言った。

「最近よく、スマホを置き忘れることが多いよね。大丈夫？」

「ああ、それはネックレスとは関係なくて、ええっと。機種変更したら、どうしても慣れなくて……連絡が遅くなりがちで、ごめんね」

「あれ、スマホ替えたんだ」

「うん。似たようなスマホカバーにしたから、わからないかもだけど」

きっとくだんのスマートフォンを依頼人に見せているのだろうが、やりとりは机の下で行われ、カメラには映らない。奏からは確認できないそれを話題にして、話が弾む。

「ああ、でも確かに、前のよりシンプルな感じだね。ヘアアクセサリーも落ち着いた印象だし、最近ちょっと趣味が変わった？」

「えっ、自分ではそんなつもり、なかったけど……こういうの、悠馬は好みじゃない？」

「やだな、俺はどんな若菜も好きだよ」

恥ずかしそうにうつむく彼女。

いったい、何を見せられているのか。わざとらしく咳払《せきばら》いすると、彼らの視線がはっとこちらを向いた。二人の世界に浸るのは目の前にあるパソコンの電源を切ってからにしてほしいと思いつつ、悟らせないように微笑《ほほえ》む。

「ネックレスは、お二人の絆《きずな》の象徴のようなものなのですね。占いに頼ってでも早く見つけたいと思うお気持ち、確かに受け取りました」

するとなぜだか、二人の表情が曇った。

「早く見つけたいのは、それもありますが……」

「他にも何か?」

「彼女、ネックレスが見つかるまで、会うのは控《ひか》えたいって言うんです。そこまで気にしなくていいのに」

「だって!」

声を荒らげ——恥じるように顔を伏せる。依頼人が慮《おもんぱか》るように彼女を覗き込んだとき、彼女は躊躇《ためら》いがちに、こう続けた。

「……彼がせっかく、買ってくれたのに」

肩を落とした彼女の背を、依頼人はしばらく無言で撫でる。

やがて顔を上げると、オリハシを見た。

「オリハシ先生。どうか、彼女のネックレスを見つけてはもらえませんか」

心を痛めた恋人たちの、切実な悩みとその告白。

「失せ物探しとは」

だというのに、渡された録画データを見終わったオカルトオタクは、依頼人コンビの沈《ちん》鬱《うつ》な空気などどこ吹く風だ。やはりまじないも彼の守備範囲であったようで、データファイルを閉じるや否やうきうきと、自身の知識を話し始めた。

「恋煩いや人間関係なんかと同様で、古来多くの人々を悩ませてきた問題だな。そのせいか、まじないのバリエーションも多い。江戸時代にも失せ物占いがよく流行《はや》ったなんて記録がある。ちなみに俺のおすすめ本は主婦と生活社の『秘伝　江戸の占いとおまじない』かな。当時の民衆の生活にまじないがどうかかわっていたかが興味深く紹介されていて
……どうした?」

「いえ。なんだか歴史の授業っぽくて、あんまりオカルト的じゃないなって思って」

「失礼な。オカルトだってれっきとした学問だぞ」

「はあ」

「魔法も呪術《じゅじゅつ》も宇宙人も存在する」

長くなりそうなので話を本筋に戻すことにする。

「なくしたものが出てくるおまじない……『にんにくにんにく』って唱えながらなくしたものを探すと見つかるっていうのは聞いたことあります。あれ、何が由来なんでしょう

ね」

「一説には、失せ物とはまったく関係ないことを意識の端に置きながら捜索することで、意識を一点に集中することなく周りを観察できる、らしい。何事もそうだけど、集中してしまうとどうしても視野は狭まるからな」

「なるほど。きちんと意味があるんですね」

「とはいえ占いやまじないは、効果が証明されているわけじゃないことの方が多いからな。そもそも、証明しようとするだけ野暮かもしれないが」

「恋愛のおまじないで『消しゴムに好きな人の名前を書いて、誰にも見られずに使い切ったら両想いになれる』なんてのもありますが、あれも確かに眉唾物ですね」

「あれは『消しゴム一つを最後まで使い切れるまで同じ人を好きでいられたら、自身の抱く恋愛感情は一時的なものではない』って証明にもなるっていうので、あながち……おい、どこ行くんだ」

「いえ、ちょっと家じゅうの消しゴムに修二さんのお名前を書いてこようかと」

「やめてくれ」

ソファから腰を上げた奏をぎょっとした顔で制止する。冗談だというのに。

奏が座り直すと、修二はほっとした様子で「失せ物な」と話を続けた。

「ペン一本でも、長く愛用している持ち物だと、なくすとそれなりに心に来るよな」

「そうですね。ちなみに、修二さんがいままでになくして一番ショックだったものってなんですか？」

「俺が？　……そうさなぁ」

「失恋以外で」

「そういう心に来る言葉遊びはやめてくれるか」

ひどく苦々しい顔。恋愛絡みの思い出にあまりいいものはないらしい。

「俺自身が何かをなくしたとかいう話じゃないけど。鉄道や公共交通機関に忘れられた遺失物の、行きつく先って知ってるか」

「電車とかの落とし物。警察ですか？」

「貴重品の類はそうだな。傘だとか本、安価な雑貨なんかは、一定の保管期間を過ぎてもなお持ち主が判明しない場合、競売にかけられ、落札した業者によって消毒・清掃されて、リユース品として販売される」

「へえ。お詳しいですね」

「たまにショッピングモールとかのイベントで販売の市がやってるぞ。見たことないか？」

記憶にない。首を傾げる。

「公共交通機関の遺失物の行きつく先はそういうところ。たまに覗くと、古めかしい壺《つぼ》や白茶けた本、老眼鏡まで揃《そろ》っていて、面白いな。ブランド傘や高級時計があったかと思えば、片方だけのイヤリングが一山いくらで売られていたりする」

「修二さんは、何を目当てにそういう市を覗くんですか」

「何かの間違いで、『猿の手』のような本物のオカルトアイテムでも交じってないかと思って」

「ありました？」

「あったためしがない」

ならばそれは、無駄な努力というのではないか。

「……ちなみに、オカルト繋がりで。『探し物が見つかるまで彼氏と会わない』なんていうおまじないはあるんですか？」

「彼氏というか、好きなものを控えるという願掛けはある。『断ち物』って言って、食い物や嗜好品《しこうひん》を断《た》つ代わりに、神仏に願を掛けるものだ。有名どころでは徳川家光《とくがわいえみつ》の乳母の春日局《かすがのつぼね》が薬断ちをしたな。家光公が天然痘を患った際、春日局は『この先わたしは一生薬を服用しません』と薬断ちをして神仏に回復を祈ったという。以降六十四歳で亡くなるまで、薬を断っていた。それは極端な例としても、願いが叶うまで何かを控えるというのは、よくあるまじないだよな」

「テスト期間が明けるまで遊びに行かない、とかもそうですかね」

「それは単純に遊んでないで勉強しろってことだろう。そういえばお前、今日は授業はいいのか？」

「失せ物探しの話をしましょう」

耳を塞いで聞こえないふり。

「出てこない限りは、彼女とデートすることもできない。彼女のけじめとはいえ、依頼人にはなかなか厳しい決めごとですよね」

「今回の依頼は、もともと本格的な占いに興味を持っていたという、彼女へのご機嫌取りでもあるのだろうか」

「その可能性もあります。——あとは、もう一つ」

「他にも何か、気になることがあるのか」

あるにはある、が。

天井を見上げ、考えて、

「……いえ、すみません。その点はまた後ほど、必要とあらば考えましょう。いまはネックレスの所在について考えたいです」

依頼内容について考え、推測することが先決だ。アフターサービスはその後で。

ノートを開き、依頼者との対話中にメモを取ったページを探す。

「なくなってしまったネックレスを購入したのは、新宿のアクセサリーショップ『フリル』だそうです。パーツを選んで組み合わせて作れるプチプラアイテム……と」

「学生カップルは好きそうだな、相手のイニシャルとか入れてさ」

「カップルでなくても、友達同士で作って交換、なんてのもありますね。卒業間際に撮って『永遠の親友！』って書き込んだプリクラみたいなノリでお揃いで作ったり」

「自分たちだけのもの、っていう特別性はいつの時代も好まれるものだしな」

だからこそ、紛失したときのショックは大きいわけだが。

「さて、現状での見立てはどうだ？　オリハシ代役」

「そうですねえ――」

失われたネックレス、そのありかの目星をつけるならば。

「個人的にはネックレスって、アクセサリーの中では比較的失《な》くしにくいものだと思うんですよね。指輪なら、手を洗うときなんかに、濡《ぬ》らしたくなくて、一度外してまたつける……っていうのはわかるんですが、外出中にネックレスを外すことって、ほぼないじゃないですか。イヤリングよりも落下しにくいですし」

「俺はあんまりアクセサリーをつける習慣がないからな……でも、言いたいことはわかるよ」

「とすると、ネックレスを紛失した原因として考えられるのは、チェーンの接合部分に問題があって、切れて落としてしまった。自分で外して鞄かポーチの中に入れたことを忘れてしまった。誰かに自慢したくてネックレスを見せたら、そのまま置き忘れてしまった……この三つが妥当なところでしょうか」

「ネックレスをなくしたのは木曜の夜から金曜の朝にかけてだという。その間で、ネックレスを外した記憶はないのか？」

「彼女、木曜の夜の記憶が曖昧なんだそうです。というのも、木曜の五限に提出しなければならないレポートがあって、前日から徹夜で仕上げていたので眠くて眠くて、家に帰りつくやいなや泥のように寝たんだとか」

奏にもその経験はあるので理解できる。拝郷と一晩中、通話アプリで担当教授への愚痴を言い合いながらなんとか課題を仕上げたことは、一度や二度ではない。

「なるほどな。で、しっかり寝て翌朝起きて、気がついたらネックレスがなかったと」

修二が茶を啜《すす》り「ありがちなシチュエーションだな」と呟《つぶや》いた。まったくだ。

「だけど、ありがちだからこそ紛失場所が絞りにくい。学校、駅、交番に問い合わせ……」

「全部依頼人がやったそうですが、いまのところ発見報告はないそうです」

それで見つかれば、苦労はしないのだが。

残念ながら報告がない以上、別の視点からのアプローチが必要だ。

「少し、情報を仕入れに外出したいですね。修二さん、付き合ってくれます？」

「もちろん」

それこそが自分の役割とばかりに、ためらわず答えてくれることが頼もしい。

「行く場所はもう考えてあるのか」

「うふ」

微笑んで、ソファから立ち上がり――修二の隣に移動。

彼の右手に自身の両手を重ね、じっと見つめて、

「愛《いと》しい人とのペアネックレスって、すべての女の子の憧《あこが》れだと思うんです」

「折橋姉と持つのか？　姉妹仲がよくていいことだな、奢ってやるぞ」

無言の睨《にら》み合《あ》い。

この攻防が時間の無駄であると互いに気づくまで、三分ほど要した。

まず奏たちが情報収集に向かったところは、依頼人たちが購入したというアクセサリーショップ。「フリル」の店内は、色鮮やかな天然石の入った器が所狭しと並べられていた。球形、勾玉《まがたま》形、星形、ダイス形と、器ごとに、色やかたちの異なる天然石がまとめてある。小片状のものからこぶし大のものまで、大きさもさまざまだ。

「わ、この水晶、大きくて傷もなくて透明で、占い師のアイテムっぽくていいですね……あっやっぱり駄目です、お値段はかわいらしくないです。こっちのヘキサゴンカットのアメジストは……ううん、これも高い」

「欲しいのか?」

「いえ、そこまででは。オリハシの演出に使えるかなと思っただけで」

「ああ、なるほど」

「どちらかといえばあちらのガラス棚にあるカップルリングとかお互いのサイズを買って贈り合いたい感じで」

早口で捲《まく》し立《た》てるものの、返事はなかった。

手にしたアメジストを傷つけないようにそっと戻しつつ、店内を見渡す。客は数人。天然石を手に取り笑い合っている女の子三人組と、肩を寄せ合ってガラスケースの中のシルバーリングを眺《なが》めているカップル。

修二が、からかうようにこう言った。

「奏はパワーストーンの力も、眉唾だって言いそうだな」

「おっしゃるとおり、そういう非科学的なものは信じてないですけど。でも、こういうアクセサリーのお店に来たことは、何度かありますよ」

「お前が？　……誰と？」

「ハイゴーです」

「ああ……」

残念ながら色恋沙汰《ざた》ではない。修二の相槌《あいづち》は、安堵《あんど》と言うより納得といった雰囲気だった。それがわかったうえで「あれあれ？」とわざとらしく尋ねる。

「もしや修二さん、どきっとしちゃいました？」

「怪しい友達付き合いしてなくてよかったよ」

「安心してください！　カナちゃんは修二さん一筋ですからね！」

「うるせえー」

はぐらかす言葉を考えるのも面倒になったようだった。

アクセサリー作りが拝郷のマイブームだった時期があって、インスピレーションを得るためのウィンドウショッピングに何度か同行したことがあった。

それらの店のある一軒にて、店員から「お客様お似合いですよ！」「これさえあれば想い人の心も鷲掴《わしづか》みですね！」などと押しに押されて買ったローズクォーツのネックレスは、値が張ったわりには手持ちの服に合わせるのがなかなか難しい代物だったうえに想い人の心にはかすりもしなかったので、現在アクセサリーボックスの肥やしとなっている。

とはいえ、

「石が持つ力を信じるか信じないかはともかく、きらきらしたアクセサリーを見て、かわいいとかきれいだとか思う感性は人並みにありますしね。眺めるのは楽しいですよ」

「なるほどな」

そんな会話をしていると。

「何かお探しですか？」

声に振り返ると、柔らかい物腰の女性が一人、立っていた。エプロンには店のロゴが入っていて、二人ににこりと笑いかけ「いらっしゃいませ」と挨拶《あいさつ》する。

「よろしければ、いまのあなたに合う石を探すお手伝いをさせていただきますよ。当店では気に入った石をお選びいただいて、オリジナルのアクセサリーを作っていただくこともできますが、作製時のアドバイスなどもさせていただいています」

言いながら彼女は、自信の左胸にある名札を指した。上条《かみじょう》という名前、店長という肩書の下に、小さな文字で「パワーストーンセラピスト資格所有」とある。

「石の効果はさまざまです。心身をリラックスさせるもの、抱《かか》えた悩みを解消するもの、未来に叶えたい願いや目標などを込めてお手元に置くのも石の選び方の一つです」

笑顔のまま、二人を順番に見て。

「彼氏さんとお揃いで持つのも、素敵だと思いますよ」

「なるほど。彼氏さんとお揃いですって。うふ」

「なるほど。彼氏ができたときにはまた来るといいぞ」

怒りのローキックをお見舞いするものの、反応はない。奏の抗議は完全に無視することにしたようだ。商品の石を摘まみ上げつつ、修二は店長にこう尋ねる。

「ちなみに、こちらで作れるというアクセサリーには、ネックレスもありますか?」

「あ、は、はい！　こちらへどうぞ！」

二人が恋人関係ではないと気づいて動揺していた店長は、天の助けとばかりに大きく頷いて、店内奥へ二人を誘った。修二の目が奏を映し「これを聞きに来たんだろう」とばかりの顔をする。もう少し言ってやりたいことはあったものの、ここは折れることにした。

こぢんまりとしたカウンターと、備えつけられた椅子。そこに二人を座らせると、店長は四角いトレイを運んできた。サンプルらしきネックレスが二本、載っている。

「ネックレスはこちらになります。当店で作れるものは、大きく分けて三種類ですね」

「三種類というと、やはりここは金銀銅ですかね」

「オリンピックじゃないんだから」

「では赤青黄」

「適当にそれっぽいこと言っとけばいいと思ってるだろう」

自信を持って告げたが、いずれも修二に即否定された。店長はくすくすと笑い、

「お選びいただいた石を、シルバー、もしくは真鍮《しんちゅう》のパーツで留め、チェーンを通してネックレスに仕上げます。パーツのデザインは数種類ご用意しており、気に入った石とパーツの組み合わせで作れる他、アルファベットのチャームを通すのもおすすめです」

「シルバーと真鍮。二種類では？」

「現在欠品中なんですが、ガラスの入れ物の中にシリコンオイルを満たし、中に小片状の石を収めるタイプのネックレスもございます。収められる石は小さくなりますが、中で揺れ動くととてもきれいで、こちらも人気がありますよ」

「シリコンオイル……」

「スノードームみたいなものを想像していただけたらと思います。……少々お待ちくださ

い」

席を立ち、先ほどと違うトレイを手に戻ってくる。「サンプルですが」と差し出されたトレイには、直径二センチ弱の、球体のペンダントトップが載っていた。中には薄群青《うすぐんじょう》の液体が満ちており、つまんで持ち上げると、中の細石《さざれいし》が揺れる。

「へぇ、かわいい」

「石はもちろん、液体の色も変えられますよ」

「何色があるんですか？」

「赤、青、黄からお選びいただけます」

先ほど奏が言った色合いとまったく同じだ。

……修二を見て、

「カナちゃん将来、この色彩センスを活《い》かしてデザイナーで食っていこうと思うんですが」

「姉が占い師で妹がデザイナーって、ものすごい姉妹だな。そのときは記事書かせてくれよ」

明らかに本気にはしていない。奏自身も本気では言っていないが。

「そんなことより、何か、推測に繫がりそうか？」

「ううん、そうですねえ……」

たまたまガラスのパーツが欠品しているだけで、店での人気と売れ筋はどのデザインもだいたい同程度だという。「ペアのネックレス」とだけ聞いていたから、例の依頼人がどれを選んだのかはわからない。彼らがどれを買っていったか、店長に聞いたところできっと教えてはくれないだろう。覚えている保証もないし。

依頼人に連絡を取り、ネックレスの詳細なデザインを教えてもらおうか。依頼人に再度連絡を取るのは、占い師オリハシの特別性や神秘性が損《そこ》なわれそうであまり好むことではないのだが、失せ物の所在を占うのにオーラを正確に読み取りたいとかなんとか言って——

「——早くしてって言ってるのよ！」

大声が、考え込んでいた奏を現実に呼び戻した。

「何、何？」

「どうしたんでしょう」

修二と二人、座ったまま声の方を振り返る。声の発生源は先ほどまで奏たちがいたのと同じ、店先だ。

見れば、客らしき女性が一人、すさまじい剣幕で店員に詰め寄っている。長いまつ毛も陶器のような頬も、華やかな色の唇《くちびる》も、化粧で丁寧に整えていることがわかったから、余計に表情から怒りが際立って見えた。

周りには、騒がしい彼女を遠くから見る人、みっともないものを嫌そうに去る人、関《かか》わり合《あ》いになりたくなくて目を合わせず店を出ていく人。奏は、そして修二も、そのどれでもなかった。

「あの女……」

「『彼女さん』だ」

依頼の際、依頼人の隣に座っていたあの女だった。若菜と呼ばれていたか、画面の中に見たしおらしさはどこへやら、喉《のど》を壊しそうな絶叫を店内に響かせている。

しかし、早く、というのは何のことだろう？　若菜とこの店の共通項を考えればきっと例のネックレスについてのことなのだろうが、自分の不注意で紛失したもののことを店員に怒るというのも妙な話である。しばらく店員と言い合いをしていたが、「もういい！」と叫んで踵《きびす》を返《かえ》し――その瞬間、バッグから何かが転げ落ちた。

ポーチだ。蓋《ふた》が甘かったのか、中身が床にばら撒《ま》かれる。

「あっ」

奏は急いで駆け寄った。座り込んで持ち物を拾ってやるふりをしながら、落ちたものを観察。ジッパーが半分ほど開いてしまった化粧ポーチ。蓋の縁が赤く染まった口紅、マスカラ、使いかけのファンデーション、パウダー、まだ封を開けていない新品のパウダーチーク。鏡は、幸運なことに割れていなかった。

それからもう一つ、遠くに滑ってしまったスマートフォン。画面には今日の天気予報と、奏の知らないソーシャルゲームの通知、それから「本屋にいるから、四時に下で待ち合わせしよう」と、誰かから届いたメッセージが表示されている。

「どうぞ」

「……ありがとう」

厚意で手伝っただけの第三者である奏に当たり散らすほどの怒りはなかったようだ。にこにこ笑いながら彼女のスマートフォンとポーチを差し出す奏に、若菜は毒気が抜かれた様子で礼を言った。

が、直後、眉《まゆ》をひそめ、

「あなた、どこかで会ったことある？」

「ないですね。人違いだと思いますよ」

気づきかけた若菜の問いかけを、即座に否定。そして、

「ところでお姉さん、お声を張り上げて大変そうでしたけれど、何か困りごとでも？」

「――この店のサービスが悪いってだけ。あなたも利用しない方がいいわよ。買ったものはすぐ壊れるし、服も持ち物も駄目にしちゃうし」

あれだけ騒ぎ立てていたくせに、第三者からの注目を集めるのは本意ではなかったのか。若菜は奏にそうとだけ吐き捨てると、店員を一度睨みつけ、ヒールを鳴らしながら去っていった。

しかし。彼女の残した一言が気になる。サービスが悪い、とは。

「お、お客様！　お騒がせして申し訳ございません！　わたくしどもの不手際で！」

店の奥から先ほど奏たちに応対していた店長が出てきて、若菜に怒鳴《どな》りつけられていた店員と一緒に礼をした。

「こちら、その、当店のサービス券です。もしよかったら」

「お気遣《きづか》いありがとうございます。ところでいまの方、よく来るんですか？」

差し出された券を受け取りながら、雑談を装って聞く。強張《こわば》っていた店員の表情が少しだけ和らぎ、

「え、ええ。以前に三回ほど、お見えになったことがありまして――少し、トラブルが。申し訳ございません」

買い物という空気でもなくなってしまったと苦笑いで告げ、修二を連れて店を出る。

「また来ます」と伝えて円満に店を出たが、本当に再来店するかどうかは奏自身にも定かでない。

きらきらきれいな石の並ぶ店を離れ、

「荒れてたな」

「荒れてましたねぇ」

店の前から数歩離れたところで、修二がぼそりと言った。あの剣幕を忘れられないのか、彼の唖然《あぜん》としている様子が面白くて、笑いを嚙《か》み殺《ころ》しながら鸚鵡返《おうむがえ》しする。

笑われたことが不本意だったか、「それで、どうなんだ」とややうっとうしげに言った。

「アクセサリーショップの情報と、あの女の鞄の中身から何か考えられそうか？」

「いろいろなことがわかりましたよ。ただ、ネックレスの行方について結論を出すには、もう少し時間が欲しいですが」

「時間？」

「はい。ええと」

見回して、時刻がわかりそうなものを探し、最も手近にあったものを引き寄せた。いきなり手首を握られた修二は「うおっ？」と情けない声を上げる。

彼の腕時計は、三時を回ったところだった。

「まだちょっと、早いですけど」

「時計が見たいならそう言えよ……早い？　何が？」

時限式の爆弾を仕掛けたとかいうわけではない。

奏が求める時間よりは早いが、間食にはほどよい時間帯。

「お茶でもしながら、推測してみましょうか。彼女さんの事情と、ネックレスの行方を」

できるだけ自然な雰囲気を装って、奏はそう誘った。

きっとこの依頼の答えは、修二にとって、ちょっとだけ居心地の悪いものだから。


今回リンを経由して占い師オリハシに持ち込まれた依頼は「失せ物探し」。

依頼人が購入し、依頼人の恋人にプレゼントし、依頼人の恋人が持っていたはずのネックレスが紛失した。ネックレスはいったいどこに行ったのか？

頭を回すためには糖分が必要だ。と主張してショッピングモール一階にあるスターバックスに入店。奏はホイップのたくさん載ったキャラメルマキアートとスコーンを、修二は「ホットコーヒーの小さいやつ」を注文した。時刻は三時を回ったところで、店内はほとんど満席だ。

追加注文したチョコチップスコーンに齧《かぶ》りつき、「ネックレスのありかの仮説、その二」と話し始める。

「ネックレスは彼女の手元にあって、どこか手荷物の中にいまだ紛《まぎ》れているという可能性。よって占い結果は、ご自宅あるいは鞄などの中をもう一度探してみてください、などと伝えるかたちになる『幸せの青い鳥は意外と身近にいたのね』案」

「どちらかと言えば『灯台下暗し』の方が表現として正しそうだけどな。その案を推すにしても、店での様子から、彼女に何か事情がありそうではあったけど」

家にあるにしても、その彼女の「事情」か何かがネックレスの所在にかかわってくる確率が高い。彼女が何を隠しているのか、店で激昂《げきこう》していたのはなぜか、推測せねばならないということだ。

仮説はあくまで仮説として、取《と》り敢《あ》えず保留。人さし指と中指を立てて「仮説その二」と切り替える。

「依頼人もしくは依頼人の恋人の行動に何らかの問題があり、紛失してしまった」

「俺はこっちに一票入れたいね」

「して、その理由は？」

「店でのあの女の振る舞いが、あまりにも性格悪そうだったから」

真顔で言うものだから、つい吹き出した。

「俺のヤマ勘はともかく、奏。お前はどうなんだ」

「理由は違えど、わたしも原因は若菜さんにあると思っています。順番に行きましょうか。依頼人が、彼女がネックレスをなくしたとわかったのは、彼女が妙に気落ちしていたから。ここでクイズです。修二さん、彼女はなぜ、元気がなかったのでしょうか？」

「そりゃ、失くしものをしたから……」

「ブブー。パネラー修二さん、お手つき一回」

ニヤリと笑うと修二はひどく渋い顔をした。

「挽回《ばんかい》のチャンスを差し上げます。第二問、彼は再会した彼女を『青ざめている』と称した。なぜ青ざめて見えたんだと思います？」

「そりゃ、ネックレスをなくして元気がなかったから、血色が——」

「ブブー。お手つき二回。リーチですよ」

蟹《かに》のように両手で鋏《はさみ》を作り、上目遣いで告げる。

「エクステ、つけまつ毛、ルージュ、もちろんファンデーションだって塗っている肌が、血色程度で容易に色を変えはしません。逆に言えば、多少体調が悪かったとしても顔色など化粧で誤魔化せます。そういうものですよ、コスメというのは」

「……知ったようなことを言うな」

「いやですね、修二さん。わたしだって、下地や化粧水の使い方くらいは知っています。いつまでも子どもと思っていると、いずれ痛い目に遭いますよ？」

返す言葉を失ったのが目に見えてわかったので、んふ、と笑って煙に巻く。普段はともかく、こといまに限っては、彼を脅かす意図はないのだ。

「とにかく、そういう肌が、『青ざめて見える』としたらどんなとき？　答えは簡単。その日彼女は、ファンデーションの色が違った、もしくはチークを塗っていなかったということです。その日の朝、たまたまチークの持ち合わせがなかったのではないでしょうか」

「切らしていたっていうことか。……いや、でも」

顎を撫で、「おかしいぞ」矛盾に気づく。

「彼女はチークを切らしていたから、紛失に気づいた当日、青ざめていた——訂正。青ざめて見えた。一方、映像の中で依頼人と並び立つ彼女と、さっき店で姿を見た彼女は、きちんと頬に赤みが差している。だけど、だ」

「はい」

「さっき店で落とした化粧ポーチの中のチークは、未開封のものだった。依頼の日と今日の化粧のためのチークは、いったいどこから出てきたんだ？」

矛盾が生じる。ただ、奏はその矛盾を解消する方法をすでに思いついていた。

「こう考えたらいかがでしょう。彼女の自宅にはもう一つ、別の化粧セットがあるんです」

簡単な話で、自宅で時間をかけて整えるためのコスメと、外出用のためコンパクトにまとめられた化粧ポーチの二つを彼女は持っているのだろう。チークを塗っていなかった彼女は、あの日の朝、自宅の化粧品を使えなかったということになる。

「推測を続けます。その日一晩、家に帰っていなかったとしたら、その夜、彼女はどこにいたんでしょう」

「……友達の家でも行っていたか？」

「友達、だったらよかったですね」

含みのある物言いをしたことには、修二も気づいたようだった。

「わたしは、もっと不誠実な相手であると推測します」

「浮気相手の家、ってか？　そりゃ早計だ。友達の家でパジャマパーティでもしていた可能性だってあるだろう」

「すみません。友達の家というのは、ちょっと、無理があります」

「無理？　どこに？」

「簡単です。——だ、だ、だ、だったらそう言えばいいじゃないですか」

ほんの三秒、間が空いた。

それから「あ」と反応する。理解したようだが、敢《あ》えて説明。

「友達とオールして寝不足で。もし本当にそうなら、彼氏に聞かれたとき、包み隠さずそう伝えればよかった。でも彼女は、彼に理由を聞かれたとき、前夜をともに過ごした人間の存在を伝えることを一瞬ためらった。そのためらいに気づかれ、別のところに理由を求めざるを得なくなった。それはなぜ? つまり彼女は、『彼氏に言えない人といた』んではないでしょうか」

修二が、眉間《みけん》に指を当てる。

「顔色が悪く見えたのは、チークがなかったせい。なぜ疲れたようだったのか、は言及しません。仮にもわたしも嫁入り前の乙女なので——そうですね、浮気相手の家を出るため身支度をする際、使い慣れたドライヤーとアイロンがなくて、髪をきれいに整えることができずにいたからそう見えた、とかいうところでどうでしょうか」

「取ってつけたような乙女要素をありがとう。兄ちゃんは嬉しいよ」

修二の感謝と感激の言葉は、字面と裏腹に吐き捨てるようである。

「つまりお前の推測からすれば、彼女は、ネックレスを紛失してはおらず、別の男の家で一晩を過ごしたから身支度をきちんと整えられなかった。しかし、浮気をしていたと彼氏に感づかれるのは困る。彼氏の誤解を利用し、ネックレスを紛失したということにした。

という結論でいいのか？」

「浮気相手の家にいた、というところまではわたしの推測と同じですが、ネックレスの所在に関しては違います」

所在、という言葉を使ってから、少し正確でないなと思った。「ネックレスの現状」と言い直す。そして、

「紛失自体が嘘であり、実際には彼女の手元にあるとしましょう。そうならば、彼女は翌日にでもきっちり身なりを整えてうきうきの笑顔でも作り、彼氏に『見つかった』と報告すればいい。それをしなかったのは不可解です」

「となると、ネックレスは本当に紛失していた？」

「もう一声」

人さし指を真っ直《ます》ぐ立て、

「わたしは紛失でなく『破損』という可能性を提示したい」

あのアクセサリーショップで集めた情報。売られている三種類のネックレスのうち、依頼人が贈ったのはどれだったのか。なぜ彼女はあの店で激昂していたのか。彼女があの店を訪れた「三回」の内訳は？

「若菜さんはある事情から、依頼人へ『ネックレスを壊してしまった』と正直に告白できなかった。だから店を訪れ、壊れたネックレスを直してもらうか、同じものを仕立ててもらうかしようとしたのでしょう。さて、なぜ正直に告白できなかったのか」

「二人の仲の終わりを象徴するようで怖かったから……？」

「不正解ですけど、修二さんのそういうセンティメンタルな発想は嫌いじゃないので、おまけで三角にしておいてあげます」

「……うるさいな。正答は何なんだよ」

「ネックレスが破損したという事実よりも、その事実が齎《もたら》した現状を、依頼人に気づかれるのが問題だったんです」

奏の採点によりもともと悔《くや》しそうに歪《ゆが》んでいた修二の眉が、さらに寄る。

「わたしは、依頼人が購入したネックレスは『ガラス製のネックレス』であったのではないかと推測します」

「なぜ？」

「そう考えると、諸々《もろもろ》つじつまが合うのです。彼女はあの店で購入した品が『服も持ち物も駄目にした』と言いました。ネックレスのカンが引っかかって服がほつれてしまった、というのなら理解ができますが、服だけでなく持ち物までが被害を受けた、というのはさて、どういう理屈なのか。これは単純なことで」

「……液体の方が被害範囲が広がる、ってことか」

そのとおり。

「あの店に三度来た若菜さんの、訪問の理由の一度目はもちろん、依頼人とのデートで来たのでしょう。そのとき若菜さんたちは、例のガラス製のネックレスを仕立てました。のち、彼女はネックレスを破損しました。二度目の訪問で、店にネックレスを直してもらうよう出向いたが、『パーツが欠品しているから』修理できないと言われた。パーツの取り寄せができ次第、修理して連絡をすると言われたが、なかなか連絡がなくしびれを切らした彼女が本日店に出向いて、三度目」

「どうして彼女は、あそこまで激しい剣幕で店を訪れたんだろう」

「依頼人が——彼氏が占い師に依頼をしたから、でしょう」

わかりやすく言い換える。

「彼女がどれほど占いだのスピリチュアルだのというものを信じているかは、不明です。が、ただ、リン・リーフもオリハシも、よく当たる占い師として有名でしょう。何をどこまで見透かされるかわからない。余計なことを言われると、自分の不貞が彼に気づかれてしまう可能性があるから」

奏は非科学的なものを信じていない。修二ほどの知識も熱も持ち合わせていない。ただそれらの非科学的なものが人の心を動かすことがあることは、知っている。

「ネックレスの紛失の真相は、『破損したのを彼女自身が隠した』ということ。破損したネックレスの特徴を正確に述べればそれは、『色つきのシリコンオイルを詰めたガラス玉』である。それが破損すれば、中身は漏れだして持ち物に色をつけますね。さて修二さん、ラストクエスチョンです。彼女がネックレスを破損した場所、およびそれを隠した理由に繋がる情報の推測となります。——依頼人の仲間にもう一人、何かの品を紛失したと言った人間がいました。それは誰だったでしょうか。また、どのようなものだったでしょうか？」

「……依頼人の友人。紛失したものは、辞書。本屋で注文をしたと言っていたから、辞書は電子ではなく、紙製だな」

紙製だということはつまり、液体を吸うということだ。色つきのオイルを吸えば、それは色を変え、染《し》みとして残るだろう。

修二の苦々しい顔。一方で奏は、伝わった喜びを表すため、わぁいと歓声を上げ両腕を大きく振り上げた。手の中に紙吹雪があれば、盛大に撒き散らしていたことだろう。

「ピンポンピンポンピンポン。修二さん大正解。つきましては豪華客船で行く二泊三日世界一周ペア旅行券をカナちゃんつきでプレゼント！」

「二泊三日で世界一周できるか」

修二に、じろり、と睨まれる。完全なる八つ当たりだ。

「結論。依頼人からありかを占うよう頼まれたネックレスは、彼女のところにある。ただし、浮気相手のところで破損してしまったから、それをそのまま告げることは依頼人の不幸に繋がる。それも浮気相手は、依頼人の友人である、と。依頼人にとっては災難な事実ですね――おや。修二さん、あちらをご覧ください」

わざと芝居がかった口調で、入り口に指先を向ける。

その先を見た修二は、一度だけ目を見開いて――

「……奏。どうしてわかった？」

依頼人とは違う男性と、手を繋ぐ彼女がそこにいた。

「彼女のスマートフォンに、本屋にいるから下で待ち合わせを、というメッセージが表示されていました。メッセージを送ってきた相手の確証はありませんでしたが、辞書をなくしたと主張していた人が新たな辞書をどこかで注文したらしいという情報を踏まえて考えると、浮気相手である可能性は否定できないかなと思いました」

「声をかけるか？」

「その必要はありません。わたしの仕事はあくまで占いをすることですから」

念のため証拠としてシャッター音を消したカメラアプリで撮影しておくが、実際にそういうものを依頼人に渡すのは興信所であって、どう考えても占い師のすべきことではない。また、先日の依頼のように被害者の早急な保護が必要となる案件ではないから、奏がこれ以上行動する意味はない。

修二が、ふん、と鼻から息を吐いた。

「結論は出たな。さて、オリハシ代理よ、どう占う?」

「どう、ですか」

「リン・リーフからの依頼はオリハシが『依頼人が幸せになる占い結果を伝えられるか』ということだ。こりゃどう見ても、不幸にしかならない結論だろう」

おっしゃるとおり。奏に与えられた選択肢は限られている。

「推測から導き出された結論はどう足掻《あが》いても変えられませんが、リンの言うとおりになるのは癪《しゃく》なので、依頼人が不幸になることは回避したいと思っていますよ」

「この結論から、依頼人を幸せにできるっていうのか?」

「幸せかどうかは、わたしにはわかりませんが――ううん、どう言ったら伝わるんでしょう。そうだな、たとえばですけど」

「ああ」

「修二さんがスタバでも頑《かたく》なにホットコーヒーを頼むのは、別に凝《こ》った注文ができないわけじゃなくて、いろいろアレンジできるスタバで敢えてシンプルなホットコーヒーをぶっきらぼうに頼むのがイケてる気がするっていう、学生時代からの謎のかっこつけスタンスじゃないですか」

「ああ……いや待てどうしてそれを知ってる」

もちろん情報源は姉だが、修二の話は単なる例であって、現在の主眼はそこにない。

「それと同じことでして」と続ける。

「その人が望むものや必要とするものって、その人自身がいま所持している物差しや基準などによって変わるのだと思うんですよ」

倫理や道徳はさて置くとして、その人の幸せが何であるかは当人次第だ。

そして依頼人の幸せが何であるかもまた、依頼人次第なのではなかろうか。すなわち、

「リンは一つ、勘違いをしていますね」

依頼人が呼び出しに応じたのは、翌日の朝十時のことだった。

アクセサリーショップでの情報収集から帰宅して、夜九時頃に「確認したいことがあ

る」とメールを送ったところ、すぐ「いますぐにでも聞きたい」と返事があった。そうしなかったのは、本日の外出で奏の方がすっかり疲れていたのと、そのとき奏が修二に送った「依頼人に連絡がつきました」というメールに、なかなか返事がなかったせいだ。

というわけで、翌日。ディスプレイに表示された依頼人の顔は少し疲れて見えた。しかし進捗《しんちょく》があったという連絡自体が喜ばしいのか、声は大きく、表情も笑っている。

「占い結果が出たわけではない、ということでしたが」

「ええ。失せ物のありかはなお、不明のままです。星の巡りも曖昧で、まだ、確たる場所を示そうとしておりません」

目をきゅっと閉じ、両手を擦りしばらく「なむなむ」と言ってから目を開ける。

「やはり駄目ですね」

「そうですか。残念です」

「なむ」

おまけでもう一度。

「ただ、連絡したように、占いによって奇妙な予言が見えたものですから」

「奇妙な予言？」

奏は深く頷き、頭を上げてこう告げる。

「わたくしの占いでは、『このたびのご依頼人が本当に欲しているものは、そもそもネックレスのありかなどではない』という予言が出たのでございます」

その言葉に、依頼人は。

……しばらくの沈黙ののち、

「あなたは本当に、真実を見通す占い師なんですね」

真実を見通す、よく当たる占い師。

そのように振る舞うのが、奏の仕事だ。目を見開き、いたく感動したようにしみじみと言う依頼人へ、尊大にならず謙遜《けんそん》もせず、ただ無言で返した。

依頼の場にて、奏の前で——「真実を見通す」と名高い占い師オリハシの前で、依頼人が惚気《のろけ》るかのように語った彼らの日常を箇条書きにしてみる。一、最近の依頼人は、彼女となかなか会えず距離ができていたこと。二、連絡を取っても彼女からの返事は遅くなりがちだったこと。三、なぜか最近、彼女の趣味が変わったこと。

スタバにて、奏はキャラメルマキアートをちびちび飲みながら修二にそれらを挙げて
「どう思います？」と尋ねた。

「どう、って……」

「これらの共通点、わかりますか？」

依頼人が語った、最近の彼女の様子には、明確にある共通点があった。しかしその手の話題に疎《うと》い修二は、困ったように唸《うな》り、首を傾げる。答えを出すのを待っていたら日が暮れそうだったので、奏はさほどの間を開けず言った。

「これ、全部、浮気の兆候ですよね」

「ああ……なるほど。だけど、不思議な話じゃないだろう。お前の推測からも、彼女は確かに浮気をしているという結論になった。だから、彼女の振る舞いにそういった兆候があってもおかしくはない」

「おかしくはない。そうですかねぇ」

「妙に含みのある言い方をするじゃないか」

自分でも、わざとらしい口調だなと思った。不快そうに眉を寄せる修二を上目遣いで見ながら、奏は「だって」と理由を告げる。

「依頼人は、浮気を思わせる特徴『ばかり』を、並べて占い師に聞かせたんですよ」

う、と修二が呻《うめ》いたのを奏は聞き逃さなかった。

こういうあからさまな言い方をすれば、修二も感づいたようだ。依頼人が語ったそれは、彼女への揺さぶりと、それを聞く占い師へのメッセージを兼ねたものだったのではなかろうか。自分は彼女の違和感に気づいている、と。

そしてそうであるなら、彼の依頼は別の意味を持つようになる。彼はきっと、失われたネックレスが、彼女の浮気に何らかのかたちで関係していると思っている——当然と言えば当然だ。距離ができ、浮気の影を見せた彼女がせっかくの贈り物を紛失したということ、またその事実を不自然に隠そうとする姿。

——ディスプレイに映る依頼人へ、意識を戻す。彼は若干の疲れを滲《にじ》ませながらも、期待に満ちた顔で奏を見ていた。

おおかた依頼人は、ネックレスは現在浮気相手のところにあるのではないかと予想したのだろう。だから、彼もまた、ネックレスのありかを知りたがった。ただし、

「僕が本当に欲しているものは、いまどこにありますか？」

彼が本当の意味で占い師オリハシに欲したものは、ネックレスのありかに限ったことではなく、

「あなたのご友人。彼が失くしたという辞書に、あなたの求めるものがございます」

浮気の動かぬ証拠であったなら、なんでもよかったのではないだろうか。

「——ああ、やっぱり」

一瞬だけ、傷ついたような顔をしたものの、

「ありがとうございました」

リンは浮気の事実を伝えてしまう占いを、依頼人の幸せではないと考えた。しかしながらそれこそが、依頼人の望んだ占いであったということだ。

そうして掴んだ証拠をもとに、依頼人が二人にどのような罰を与えるのかまでは、奏の知ることではない。


無事に依頼は遂行できた、と考えていいだろう。

パソコンの電源を落とし、部屋を片づけ、羽織《はお》ったものをきれいに畳んで椅子に掛ける。

奏が仕事部屋を出ると、愛猫ダイズが「にゃお」と頭を擦《こす》りつけてきた。リビングにいるのが退屈だったのかもしれない。同じくリビングで奏を待つ修二が、心ここにあらずといった様子だから。

きっと今回の占い結果を奏から聞いた修二は、いずれ彼女を追い詰めんとする依頼人の姿に、自身の罪を追及されている気分になったのだろう。心は他にありながら、奏の求愛を拒絶せずのらりくらりと躱《かわ》すだけの自身の不誠実さを。メールの返事に間があったのも、どうせ、同じ理由だ。

うふ、と笑いながら奏はダイズを抱き上げた。ゴロゴロ喉を鳴らすのを聴きながら、

「そんなこと、気にしないでいいのにねぇ」

そういう優柔不断なところ、はっきりできないところ、あの姉に叶わぬ想いを抱いているところすら含めて、奏は彼が好きなのだから。愛する人のあらゆる姿を、すべてまとめて愛している。大事な人のすべてを余すところなく知りたいと、心の底から願っている。

オリハシ代役の仕事を姉から託してもらっているのも、そのためなのだし。

奏は腕に力を入れて愛猫を抱き直した。「最近ちょっと重くなったんじゃないかい、ダイズちゃん」と話しかけてみるが、ダイズは喉を鳴らすばかり。おやつの量を改めるべきだろうか。

奏は勢いよくリビングのドアを開けた。

「修二さんただいまです！　お疲れ様のハグを！」

「ああ、はいはい。お疲れ様」

修二の隣に座り、スマートフォンをテーブルに、ダイズをカーペットに置くと勢いよく抱き着いた。

負い目のせいか、抱きしめ返してこそくれないものの、珍しく抵抗しない。そうこうしているうちに、蚊帳の外の気分を味わったらしいダイズが、床から飛び上がり奏と修二の間に頭を割り込ませてきた。

「ええい、暑苦しい。やめろやめろ」

「飼い主としてダイズに負けるわけには！」

「にゃあ」

ライバルが修二の腹にぐりぐりと額を押しつけるので、奏も負けじと彼の胸にぎゅうぎゅう顔を押しつける。ダイズの鈴の音に交じって、コロンコロンと聞き慣れた音楽が奏の耳に届いたが、その程度で愛猫に勝ちを譲るわけにはいかない！

「奏、電話鳴ってるぞ」

「聞こえません」

「折橋かもしれないだろう。出なさい」

「修二さんが離してくれない」

「名誉毀損で訴えるぞ」

肩を摑んで無理やり引き離される。奏のいなくなった修二の胸に、ダイズがやれやれとばかりにどっしりと全身を預けた。修二が嬉しそうにダイズの頭を指先で撫でるのを見て、生まれ変わったら必ず自分も折橋家の飼い猫になろうと心に決める。

電話。そういえば、今回の依頼は占い師リン・リーフから預かったものである以上、リンにも連絡をしなければならない。諸々落ち着いたら、依頼料の支払いのことなどを問い合わせしなければ。

そう思いながらスマートフォンの画面を見ると、それはまさしくリン・リーフからの着信だった。そういえば先日、占い師オリハシの遣いとして連絡先を交換していた。

「……もしもし？」

愛しい人との蜜月《みつげつ》の時間を邪魔された不満。仕事の話なら後にしてもらえないか、と思いながら電話を取った瞬間、

「ごめんなさい！」

いきなり謝罪を叫ばれたものだから驚いた。

「な、何？」

「どうした」

狼狽《ろうばい》した奏に、ただごとでないと修二が腰を浮かす。

「ごめんなさい。助けて。他に頼れる人がいなくて――」

「落ち着いて、リンさん。何があったんですか？」

焦る彼女を安心させようと、できる限りのスローペースで話しかける。電話の向こうの彼女は、喘《あえ》ぐように息を吸って「わたしのブログ、ブログが」と繰り返した。

「リンさんのブログ？」

それを聞いた修二の反応は早かった。鞄から自分のタブレットを取り出すと素早く操作して、きっとリンの言ったものを表示したのだろう。修二の手が止まるのと、彼が不快そうな表情を浮かべたのは同時だった。

耳に電話を当てたまま、修二の手元を覗き込む。奏がこのウェブサイトを見たのは、拝郷に紹介されたときが最初だったか。一覧に、新しい記事が一件追加されていた。

記事のタイムスタンプは、今朝七時。内容は——

「これは、わたしが書いたものじゃない！」

第三章

金の卵を産む鵞鳥

わたしは、先日の占い師オリハシの詐欺疑惑《さぎ》について、例のカンジョウと名乗るライターに連絡を取ることに成功いたしました。彼は宗教団体「希望のともしび」の元信者であり、幹部が信者らに対し詐欺的行為を働いているという証拠を得たため、報復を恐れ脱会した、ということです。彼が教団から持ち出した詐欺事件の証拠書類ですが、その中の写真二枚に占い師オリハシの姿が写り込んでいたそうです。そしてわたしも、氏からその画像データを頂くことができました。これは占い師オリハシが詐欺事件に関与していたという動かぬ証拠でしょう。

リン・リーフのブログを開くと、以上の文章から始まる記事が追加されており、さらに記事の文末には、一枚の画像が添付されていた。それは確かにいつぞや奏《かなで》たちが訪れた施設の敷地《しきち》内部であり、写真端《はし》には折橋紗枝《おりはしさえ》、本物の占い師オリハシの姿が写っていた。

＊　＊　＊

そりゃ写っててもおかしくないでしょうよ、というのが奏の本音である。
なぜならあの「希望のともしび」幹部による信者の寄付金着服・詐欺事件を収めた人間

こそが、占い師オリハシなのだから。ただし、その事件におけるオリハシの活躍は、世間には公表されていない。姉本人が、メディア対応などの面倒を嫌がったからだ。その判断は間違っていなかったと奏も思うが、まさかそれが、こんなかたちで仇《あだ》となるとは。

泣きじゃくる占い師リン・リーフからの電話を受けた奏が、彼女のところに行くと言ったとき、修二《しゅうじ》はまず反対した。それでも、電話口で謝罪を、それも涙声で繰り返すリンの悲愴《ひそう》な様子は演技に聞こえなかったし、彼女がいましがた語ったブログ記事の詳細についてもきちんと知らなくてはならないと思ったからだ。彼が行かないというのなら、奏が一人ででも行く気だった。——そんなことは許さないと言われるのをわかっていながら。

リンからの電話を切り、続けて姉に電話をすると、今回もすぐに繋《つな》がった。リンから連絡があって、いまから会う約束を取りつけたと報告すると、姉はすでに事情をすべて知っているかのような様子で「了解、気をつけてね」と言った。

「お姉も来る?」

「わたしは」少し間があった。「他《ほか》にやることがあるから」

「そっか。お姉も気をつけてね」

「ありがとう奏ちゃん。危ないことはしないでね。何かあったらすぐ電話してね」

名残惜《なごりお》しそうにしながら、電話は切れた。

リンに待ち合わせの場所として指定されたのは、彼女がお店として借りている、こぢんまりした貸店舗だった。火曜日の夕方と土曜日の日中、ここで占いをしているという。

どちらかと言えば女の子受けしそうなパステルカラーのソファとクッション、ローテーブル。近くの棚には、ネックレスや宝石、不思議なかたちの置物など、マジックアイテムらしいものがあれこれ並べられていた。修二が興味を持ちそうだと思ったが、いまの彼にはインテリアを気にするだけの心の余裕がないようだ。勧められたソファにどっかりと腰を下ろしている。

ごめんなさい、ごめんなさいと泣きじゃくるリンの隣に、心配そうに背を撫《な》でるビアンカの姿がある。声を震わせているリンは年相応に見えて、確かに高校生なのだなと思った。

リンの足もとにある籠《かご》には鞄《かばん》が入っているが、そこから断続的に音が聞こえるのはスマートフォンの通知だろう。きっと、リンのもとに寄せられたメールを受信しているのだ。届いているのはさて、迷える子羊からの占い依頼か、それとも別の何かか。リンの怯《おび》えるような姿からして、中身は想像に難くないが。

だがそんな、いたいけな少女の心細げな様子にも、容赦のない人間がいた。

「これは、悪質だな」

修二である。ソファで自分のタブレット端末を操作しながら言い、それを受けたリンの全身が震えた。

「記事が拡散されている。先日のカンジョウの記事は、ただ書かれたものを占い師リン・リーフが見つけた程度だったから拡散力はリンのそれのみだったが、今回のリンの記事は、URLが何者かの手によってあちこちのSNSや掲示板に貼《は》られてる。各種SNSの複数のアカウントを乗っ取って、不特定多数に送りつけてもいるようだ」

「それはまた、用意周到って感じですね」

「最近悪い噂《うわさ》がささやかれつつあったオリハシの記事、それも噂の続報だってこともあり、興味本位で開くやつも多い。しかも内容が内容だ、こいつは明らかに、占い師オリハシに対する名誉毀損になる」

「それじゃ、お姉……じゃない、占い師オリハシが、修二さんに、わたしの身の安全にことさら気をつけるよう言ったのは」

「お前がとばっちりを受けないように、っていうことだろう。あいつは例の……神懸りの力で、あの噂がさらにおおごとになるって読んでたわけだ」

神懸り的な直観力、と正確なところを言わないのは、目の前にリンとビアンカがいるせいだ。なおもタブレット端末を操作して、何を読んだか眉間《みけん》の皺《しわ》を深くする。覗《のぞ》き込《こ》もうとすると、彼が「見ない方がいい」とパーテーションよろしく手で奏の視線を遮《さえぎ》った。

「奏、お前、占い師オリハシのメールボックスって確認できるんだったか」

「わたしには、オリハシ宛《あて》に届くメールのうち、お姉……オリハシが、わたしに協力を頼みたいと思ったものが転送されてくるだけですね。いまどうなってるか、どんなメールが届いているか、すべてはわたしにはわかりません」

「それでいい。奏が見るべきじゃないものも多いだろうから」

修二には、いまオリハシのところにどういったメールが届いているか想像がついているようだ。彼の表情がほんの少し曇る。そのメールを実際に見ているだろう、姉のことを心配したか。

ただ、奏が思うに、姉はそんな程度のことで傷つくような人間ではない。届いたとして、読み込む価値もないと、ゴミ箱にドラッグアンドドロップしているだろう。

「面倒なことをしてくれたな」

修二が向かいの二人を強く睨《にら》みつけた。ひどい目をしている。普段の彼はそんな顔、奏や姉、いや、左々川《ささがわ》にだってしない。

ビアンカが、リンをかばうように、彼女の肩に置いた手に力を入れる。リンはもう、記者風情が、とは言わなかった。そう言うだけの余裕もなかったのかもしれない。

「どういうつもりでオリハシの噂に首を突っ込んできたのか知らないが。あんたが便乗して、オリハシに喧嘩《けんか》を売ってこなければ、こんなことにはならなかったかもしれない」

「そんなつもりじゃなかったの……」

蚊の鳴くような声で、リンが言った。

しかし修二はリンをオリハシの敵であると信じて疑っていないようで、その程度では絆《ほだ》されなかった。「何をいまさら」と吐《は》き捨《す》て、低く唸《うな》るような声で、

「こちらに喧嘩を売っておいて。いや、この新しく書かれた記事だって、お前の自作自演じゃないのか。こうして困っている我々を見て、腹の中ではせせら笑っているんじゃないのか。え？　どうなんだ」

「そんな……！」

「記者さん、それは」

「あんたらに言い返せることがあるのか？　ただの言い訳なら聞きたく――」

「修二さん」

奏が口を挟んだのは、悲痛な声を上げるリンと、ビアンカを守るためではない。ただ、修二に自分の意見を聞いてもらいたくて、奏は彼の腕に触れた。

「リンさんが今回オリハシに接触してきた理由。確かに、噂の真偽の見極めがしたかった

だけだ、というのはやや信じにくいところがありますが。だけど、オリハシを陥れるためにしたことではないと思いますよ」

「どうして」

「それは、ええと」

少しだけ迷って。

奏はリンに、にこりと笑いかけた。

「そのように、オリハシが占ったからです」

「えっ……」

「そして、ご安心ください。オリハシの占いは、間違うことはないのです」

リンはまた、くしゃりと顔を歪《ゆが》ませた。今度は安堵《あんど》したように、声もなくぽろぽろと涙を流す。

納得のいかない顔をしている修二の耳に、奏は顔を寄せた。

「……わたしがそう推測したのは、過去二件の、リンがオリハシに占わせた依頼の内容が、とても自然で、かつフェアなものだったからです」

「フェア?」

「彼女が本当に、憎く思うオリハシを陥れたいのだとしたら、過去二件の依頼人とグルになって、オリハシの占いを妨害するか、もしくはいちゃもんをつけるなりなんなりして、『あの悪い噂は本当だったのだ、オリハシは悪い占い師だ』ということにしてから、記事を流す方が効率的にオリハシを貶《おとし》めることができるはずでしょう」

だけど彼女はそうしなかった。

早口で伝える奏の推測に、修二は納得したらしい。ただ、同意の言葉を口にするのは癪《しゃく》なのか、舌打ちをした。いずれにしても、わかってもらえたようで何よりだ。

奏は修二から少し距離を取ると、今度はリンとビアンカにも聞こえるように、

「それと修二さん、その睨むような目と詰めるようなお声はいけません。知らない男性の威圧は、女の子にはとても恐ろしいものです。冷静なお話ができなくなります」

めっ、と子どもを叱《しか》るように言うと、修二は虚を突かれたような顔をした。のち、気まずそうに目を逸《そ》らす。

「……それは、悪かった」

「あっでも待ってください、表情解除する前に写真撮らせてもらっていいですか」

「やめましたすみません」

「怖い顔する修二さんも素敵ですのでぜひ一枚！」

奏がスマートフォンを構えるより早く、眉間を指でぐりぐり解《ほぐ》して、歪んだ目つきと皺

をすっかり消してしまった。

「警察を呼んだ方がいいでしょうか」

「現状確かにわかっている被害は、リンのブログのパスを抜かれたっていうだけだ。拡散のためアカウント乗っ取りが起きているようでもあるけれど、どの程度動いてもらえるかって考えると怪しいところだな。ご意見番としてどこぞの警官を呼んでもいいけど、いまのあいつに冷静な判断ができるかどうかっていうと」

「左々川さんはやめておきましょう」

いまは、相当荒れているだろうから。

それに下手に警察を巻き込めば、ただでさえ危機に瀕《ひん》しているオリハシの評判をさらに下げることにも繋がりかねない。まずは手近なところで情報収集をしておこう。それでどうにもならないのなら、警察にご足労願うしかないが。

「さて、改めて。――占い師オリハシの遣いの、奏です。こちらは同じく、占い師オリハシの遣いだったり、記者のお仕事をしたりしている修二さんです。リンさん、ビアンカさん、オリハシはお二人が今回巻き込まれたこの騒ぎにたいへん心を痛めており、お二人さえよかったら、自分の占いで真相を見通したいと申しておりました」

「オリハシの占い……オリハシが……？」

「はい。まずは、あなた方の詳しいプロフィールと、どうしてあなたがこの噂にかかわって、今回何が起きたのか、教えていただけますでしょうか」

「先生。お話しできますか？」

そう慮《おもんぱか》るように言ったのは、助手であるビアンカ。その言葉にリンは、なんとか泣くのをやめ、一つ深呼吸をすると大きく頷《うなず》いた。

「わたしは……リン・リーフという名前で、半年前から占い師をしています。高校二年生で、火曜日、学校が終わったあとと、土曜日に、占いのお店を開けているわ。わたしは、この……」

上着のポケットから、小さな黒い布を取り出した。何かを包んで、細い紐《ひも》で縛ってある。紐をほどく手つきから、中にしまってあるものがリンにとってとても大事なものであるというのは想像がついた。

布から出てきたものは、深い紫色をした円錐《えんすい》形の石。底辺部分からチェーンが伸びていて、その先は指輪くらいの大きさの輪に繋がっていた。

「ペンデュラムを使って、依頼人の運勢を見るの」

「プロフィールにも書いている、高校生、という身分は本当なんですね」

「そう。実際よりも年上のプロフィールにしておいた方が占いの説得力は増すかもしれないって、ちょっと悩んだんだけど、でも、依頼人と同じ目線に立って考えるなら、そういうことはしちゃいけないって思って」

　なるほど。

「週二日だけでも、自分のお店を持つっていうのは大変じゃないですか」

「叔母さんが持ってる物件を貸してもらってるの。学校の成績を落とさないことが条件だけど」

　なかなか勤勉な占い師である。

「こっちは、ビアンカ。三ヵ月くらい前、わたしの占い処《どころ》に来たお客さん」

「助手と呼んでください、といつも言っているじゃないですか。……先生の占いに惹《ひ》かれまして、微力ながら、先生のお手伝いをできたらと思っています」

　リンの表情、ビアンカの様子を見るに、どうやら彼女の存在は、押しかけ女房ならぬ押しかけ助手といったところらしい。それでも完全に拒絶しているわけではないようだから、リンとしてはまんざらでもないのだろう。

「それほどに胸を打った占いとは、どのような」

「それがね、ビアンカってば不思議なのよ。普通の人はたいてい、自分か近しい人の未来の運勢を占ってもらうために来るんだけど——」

「やめてください、先生。恥ずかしいです」

奏の質問に対するリンの答えを、ビアンカは困ったように笑って遮った。「プライベートなことです」と言うに留《とど》める。

「ビアンカさんはおいくつですか？」

「二十二歳、大学生です。真面目《まじめ》な学生ではないので、時間はいくらでも捻出《ねんしゅつ》できます」

「ああ。わかります」

「そんなところで親近感を覚えるんじゃない」

冗談めかしてそう言ったビアンカに同意を込めて頷くと、保護者よろしく修二が釘《くぎ》を刺してきた。聞こえないふり。

リンがぽつりぽつりと、自分の知ることを話す。

「あのブログが更新されたのは、今日の朝、七時のこと。記事のタイムスタンプを見たからわかったことで、今日は依頼の予定が入っていなかったから、のんびりするつもりだったの。でも、十時頃、メールが届いた。読んでみたけど、最初、書いてあることの意味がわからなくて、何度か読み返して、ようやくわたしのブログについて何かを訴えているらしいことがわかって……読んでみたら……わたしの偽者が、あの記事を……」

偽者。しかしその言い回しは、修二の耳には誰かに罪をなすりつけるための言い訳のように感じられたらしい。

「あんたのドッペルゲンガーでもいて、あんたに成り代わってあんたのブログを書いたとでも言いたいのか。オカルトにしてもまったく荒唐無稽《こうとうむけい》な──」

一時、黙って、

「いや、熱いな」

「修二さん」

オカルトオタクの本音が転び出たので、奏は肘《ひじ》で彼のみぞおちを突いた。比較的強めに。しかし修二は予想どおり、そんな程度ではめげない。

「ドッペルゲンガー。生き写しの分身、もう一人の自分のこと。Doppelとはドイツ語で、それこそそのもの『生き写し』という意味を持つ言葉だ。英語のDoubleと同じ語源だな。Gängerは『人』。繋げて『生き写しの人』『二重の人』。オリジナルの周囲やその人物の前に現れると言われ、オリジナルがドッペルゲンガーを見るとオリジナルが死ぬと言われる。古くはエリザベス一世やゲーテ、リンカーン。日本でも芥川龍之介《あくたがわりゅうのすけ》などが会ったことがあると言われ……」

「本人を前にしてこういうことを申し上げるのも失礼ですが、あのリンさんのブログ記事を書いたのがビアンカさんである可能性はありませんか？」

べらべらと知識を披露し始めた修二は勝手に喋《しゃべ》らせておいて、奏はビアンカを見る。彼女は傷ついた様子はなく、そういった疑惑を向けられるのは当然だと、ゆっくり頷いた。

「いまのところ、わたしである可能性を否定する材料はないですね。容疑者として加えていただいて結構です」

「だけど、わたしと同じくビアンカにも、そんなことをしたところでメリットはないわ」

奏の意見を肯定せざるを得ないビアンカに、リンが助け舟を出す。それは確かに。

「リンさんとビアンカさん、お二人は本名ですか？」

「もちろん違うわよ。オリハシだって芸名でしょう、それと同じ」

「なるほど。それから、カンジョウ氏とリンさんの関係を教えていただけますか。あ、恐らく、二人の関係性とかを占うのに必要になります。きっと」

「あの人は……」

リンは思い出すように、視線をやや上に向ける。同時に、自然と彼女の表情が曇った。

「だいたい、一ヵ月前。わたしの連絡先に、あのカンジョウという人からメールが届いたの。オリハシはそういう……悪いことをした人だって。だからわたしは、事実を確かめたかったの。本当よ、オリハシがそんな人かどうか、判断がつかなかったから」

「オリハシが無実の罪を着せられている可能性もあると考えていた？　それにしちゃ、やけにあんたは敵対的な態度だったと思うが。あんた自身が書いた、あの記事も」

あの記事——カンジョウの書いた記事を受けてリン自身が書いたもののことだ。リン・リーフのウェブサイトで、初めてオリハシについて言及された記事のこと。「記事」と呼ばれるものの数が多くなってきて、だんだんこんがらがってきた。

「リンさんがオリハシについて初めて言及した記事を『リン記事一』、何者かによって書かれた記事を『リン記事二』、カンジョウ氏がオリハシの疑惑について書いたすべての始まりの記事を『カンジョウ記事』としましょう。リンさん、あなたが記事一をブログに書いたのはなぜですか？」

「あれは、わたしに連絡してきたカンジョウという人への意思表示のつもりだった。疑惑がもし本当であれば、人を救うべき占い師が、その力を利用して悪いことをするのはよくないって、書いただけだった」

中立のつもりで書いたものが、読み手に否定的なものとして受け取られてしまった。

リン自身に、うまく配慮する文を書く能力が備わっていなかったことや、他の占い師がだんまりを決め込んだ中、彼女だけが自分の意見を馬鹿《ばか》正直に述べてしまったから、余計に悪目立ちしたということか。しかし、

「どうして直接、カンジョウ氏にメールで返事をしなかったのですか？」

「メールが宛先《あてさき》不明で返ってきたからか」

答えは意外なところからあった。

修二の言葉へはっと顔を上げたリンに、彼は「やっぱりな」と言った。

「どうしてわかったんですか修二さん。あまり格好いいことすると惚《ほ》れ直しますよ」

「現状維持を強く要求する。……俺も氏の記事に付記されていたメールアドレスに宛《あ》てて、取材の申し込みをしたからだよ。占い師オリハシを取材している記者だと伝えて、取材ができないかという名目で。だけど何度送ったところで、エラーメールが戻るだけだった。ついでに」

そこで言葉を切ると、彼は手元のタブレット端末に視線を落とした。

「俺の考えをもう一つ。リン・リーフのブログに書かれた最新の記事は、恐らく、他の記事を書いた人間とは別の誰かが書いたものだろうな、と思う」

「どうしてですか？」

「文章には文体ってのがある。文章表現上の個性や癖《くせ》。スタイルって言うと格好いいな。他の記事と多少寄せようとはしてるみたいだけど、この記事だけはやっぱり違う。内容自体が他と異質であるというのを含めても、同一人物の文だと考えるには違和感がある。いろいろあるけど、たとえば」

修二がタブレットを少し奏側に傾けた。覗き込む。


今日は二組のお客様がいらっしゃいました。

また、先日恋愛運に関して占いをしたお客様からメールをいただきましたが、なんと、片思いの方への恋が叶《かな》ったそうです！

恋を叶えるのに一番大事なのは本人の努力ですが、「リンさんに占ってもらってよかった」って言っていただけて、とても嬉《うれ》しかったです！

恋や友情でお悩みの方は、リン・リーフの占い処へぜひどうぞ！

もちろんそれ以外の方も！


開いていたのは、拝郷《はいごう》からリンのことを紹介されたとき、読んだものと同じ記事。ビックリマークが多いなと話した、あれだ。

しかし彼が気にしたのは、奏たちが話題にしたのとは異なる点だった。

「この文章の、ここ」

いただきました、の部分を指で示す。そのあと、リン記事の二を開いて「ここ」と指した。

「あ、こっちの記事は、『頂く』が漢字表記になってますね」

「変換の癖って、意識的にやらないとなかなか抜けないものでさ。他の記事も引っ張ってきて見比べると、そういう差がいくつか見つかる。もちろん執筆に使うコンピュータの癖にも左右されるし、それこそ意識的に変えている可能性もあるから、それが確たる証拠だとは口が裂けても言わないけど」

可能性として考えられる要素ではある、ということだろう。だが、

「修二さん、それがわかってて、どうして最初リンさんに凄《すご》んだんですか？」

「……そりゃこれだけ面倒かけられてるんだ、文句の一つも言いたくなるだろう」

リンがビアンカの腕を摑《つか》みながら、「この記者ひどい！」と叫んだ。「未来永劫《えいごう》、あなたの取材なんて受けてやらないんだから！」とも。

「そして無論、俺の言ったことは、決してリン・リーフの潔白を証明するものではない。同じく、そちらの助手氏もシロとは断定できない」

「本当嫌い！　バーカバーカ！　無能記者！　一生儲《もう》からない呪《のろ》いかけてやる！」

「おい助手、主人の口縫いつけろ」

きんきんと甲高《かんだか》い声で叫ぶリンに、早々に嫌気を覚えたらしい。隣に控《ひか》えるビアンカへうんざりと指示をして、ビアンカは「まあ、まあ」と宥《なだ》めた。

そのやりとりを聞きながら――つまるところ。

「修二さん。この記事をどうこうした犯人が、リンさんとは別の特徴を持っていると考えられるということは、犯人はまったくの別人であり、リンさんの『生き写しの人《ドッペルゲンガー》』ではないということでよろしいでしょうか」

「リン・リーフである可能性、リン・リーフのドッペルゲンガーである可能性、まったくの別人である可能性。三つの可能性が浮上しているということだ」

諦《あきら》めの悪い男である。

「ところでリン・リーフ。俺からもいくつか聞かせてほしい」

「何?」

「何者かによって書き込まれた、あんたのブログ記事。あれはオリハシの疑惑に追い打ちをかけるものだが、それを読んだあんたは、オリハシへの疑いを深めたわけではなく、どころかこうして、オリハシの仲間である俺たちに助けを求めた。なぜだ?」

「当然でしょう……人のブログを乗っ取って、自分の名前を騙《かた》るような真似《まね》をするような人の言うことを、信じられるわけがないじゃない。であるなら、頭を下げてでも、同じ被害者であるあなたたちに連絡を取った方がいいと思ったの。協力してもらえるかは、わからなかったけど」

ばつの悪そうな様子で、ぼそぼそとリンは答えた。一度は疑った人間に助けを求めたという負い目もあるのだろう。ただその点は、修二は見逃すことにしたようで、追及しなかった。別の質問を続ける。

「もう一つ。あんたやあんたのドッペルゲンガーが犯人でない場合、あんたのブログの管理パスワードが何者かに盗まれたっていうことになるが、パスワードはどういうものを使ってたんだ」

するとと彼女は、うっ、と小さく唸った。

痛いところを突かれたと、しばらく沈黙して、

「た……誕生日と本名を組み合わせたやつ……」

「パスワードクラックされて当然だ。バーカバーカ。無能占い師」

修二がご丁寧にもリンに口調を似せて罵《ののし》ると、リンはビアンカにすがり「わーん！」と叫んだ。彼女を多少なりと知る人間なら、誰でも推測可能なパスワードだったということだ。

「そしてブログの予約投稿機能を利用すれば、事前に指定しておいた時刻に指定の記事を投稿することが可能だから、その時間帯のアリバイなんて聞いたところで無駄だ。さあ、奏。間抜け無能占い師のおかげで、情報が集まらないまま、パスクラ容疑者が無限に広が

っていってるぞ。どうする?」

「ううむ」

迷うけれど、結局のところ次に調べるべきことは決まっている。

現状、我々が知るべきは、大きく分けて以下の三つだ——一、リンのアカウントを奪い、記事を書いた犯人は誰であるのか。二、カンジョウとは何者か。三、カンジョウは、なぜ嘘《うそ》の情報を流しオリハシを貶めようとしているのか。

奏は「オリハシが正確に占うためには」と、我々の行動があくまで占い師オリハシの意思であることを前置きし、

「リンさんに影響を与えた、カンジョウ、っていう人のことも詳しく知りたいですね」

頭の中に羅列したことの二つ目だ。修二はその情報が必要であることには同意したものの、「だけど」と唸った。

「連絡を取る方法はないって言っただろう」

「ええ。ですけど」

確かに氏の連絡先はでたらめだった。リンが得たという連絡先も使いものにならない。

しかしそれでも、

「アプローチの手法は、もう一つあると思います」

奏には、氏のことを知るためのコネクションがあった。

修二の車の助手席に乗り込み、奏が行き先をカーナビに入力したのを見て、「……まあ、それはそうか」と言った。

「むしろ、修二さんが思い至らなかったことの方が驚きです」

「いや、候補の一つとして考えてはいたんだけど……最終手段と思ってたから。場所は覚えてるから、ナビ切っていい」

「はい」

リンたちと別れた奏と修二が向かったのは、宗教団体「希望のともしび」の本部施設。カンジョウがリンの記事で元信者だったとはっきり明言したのだから、次の調査場所はこしかあるまい。ちなみに、姉はいまもたびたびこの施設を訪れては、信者へのアフターケアを行っているという。

「カンジョウの記事を読んだ時点で、おいおい調査の対象にするつもりではあったが、アポを取るのは最後にしようと思っていた。調べるためには、折橋か左々川を経由しないわけにはいかないし」

苦手意識ゆえ、ということか。

「だけど、うまく入り込めるかね。さっき俺、取材希望の電話したら断られたぞ」

「えっ。わたしメールしたら、『いつでもどうぞ』って返ってきましたよ。ほら」

「……なんだその扱いの違い」

スマートフォンを見せるが、当然ながら運転中の彼はこちらを見られない。不服そうな様子でハンドルを握っている。

しかし「扱いの違い」の理由は、目的地にたどり着くとすぐにわかった。

車を路肩に停車させて観察する。三階建てほどの四角い建物が建つ敷地、その周りを囲むように塀、閉じられた鉄製の門……そこに三人、成人男性が屯《たむろ》していた。一人はスマートフォンを持ち、二人は何かを相談しているようだ。足もとに置いている大きな鞄は、何が入っているのだか。

正門の隣、以前訪れたときに奏が使った小門もいまは固く閉じられている……

「俺の訪問を断った理由はわかったな」

「そうですね」

門の前で張り込んでいるのは修二の同業者で、マスコミはこれ以上来てほしくないということだ。此度《こたび》の対応に辟易《へきえき》している団体関係者の姿が目に見えるようでもある。また、それを考えると、火種その一であるリンとビアンカを連れてこなかったのは正解だった。

向かいのコンビニの駐車場に車を置き、エンジンを切って作戦会議。

「あれじゃ簡単には中には入れそうにないな。信者だとあいつらに勘違いされたら離してもらえないだろうし、それでなくとも、奏はただでさえ姉の面影《おもかげ》があるんだから」

いずれにしても容姿に問題があると言われてしまえば、奏には対応策がない。

「ちょっと聞き込みしてくるから、ここで待ってろ」

「聞き込み？」

「蛇の道は蛇だ」

そうとだけ言い残し、修二は車を降りると、施設の門の前で作戦会議を行っている同業者のもとに歩いていった。表情と振る舞いで、仲間としての雰囲気を出せるのはちょっと羨《うらや》ましい。彼は門の先客三名にすぐに馴染《なじ》んで、何かを話し始めた。

さて、自分は何をしようか。車でじっと待っているだけというのも、奏のために動いてくれている修二に対して不義理に思えてしまう。奏も、何か力になりたいのである。内助の功というやつである。

しかし、下手に動けば彼の足を引っ張ることになりかねない。鞄からノートを取り出しつつ、さてどうしたものか——と悩んでいると。

「……うん？」

こん、こん、と。

車のドアを叩《たた》く音がして顔を上げれば、一人の女性が外に立っていた。親しげな笑顔で頭を下げる姿に、見覚えがあった。窓を開けようとして、エンジンが切れていることを思い出す。ドアを開けて外に出ると、「奏さんですね」と、弾んだ声で呼んだ。

「ご無沙汰《ぶさた》しています。ご足労ありがとうございます」

「赤垣《あかがき》さん。こんにちは」

宗教団体「希望のともしび」の関係者として、教団の立て直しに尽力する姉を補佐した女性。以前、奏が拝郷や修二とともに施設をアポなしで訪問した際にも、茶を出し丁寧に応対してくれた人だった。

赤垣は奏に深く頭を下げ「ご案内します。どうぞこちらに」と促《うなが》した。いわく、こういう不測の事態のために、関係者のみが知る入り口が他に存在するのだという。修二はどうしようかと施設の正面入り口に目を凝《こ》らすと、引き続き先客と親しげに話をしていたので、あとで電話することにする。車は……少し迷ったけれど、無施錠のままで。

奏を先導しながら、赤垣は世間話を始めた。

「ご連絡をいただいて『いつでもどうぞ』と申し上げたものの、この状況ですから、きっと、当施設にいらっしゃるのにご苦労されているだろうなと思って。心配していたんですが、ふと外を見たら、見覚えのある車がコンビニの駐車場に入っていくのがわかったものですから」

「わざわざ迎えに来てくれたんですか。ありがとうございます」

「いいえ。彼らとトラブルになっていないようで、よかったです」

駐車場を出て、団体施設の塀を回り込むように歩いていく。「わかりにくいんですが、こちらにも入り口があるんですよ」と赤垣に案内された路地は細く薄暗かったが、確かに人目を避けるには格好の作りで、緊急時の出入り口としては優秀だった。

施設の建物内部にたどり着いて、さらに「こちらへ」と案内される。

ひと気の疎《まば》らな廊下を歩き、たどり着いた部屋の前で足を止める。それから、

「先生もお待ちかねです」

「先生？」

繰り返すと、彼女は「ええ」と微笑《ほほえ》んだ。奏はメールで、いま噂のカンジョウという人間のことについて情報があれば聞きたいと伝えただけだが、その人が今回の件について、情報を握っているということだろうか。誰のことだろうか……まさか。

眉《まゆ》をひそめる奏の前で、赤垣がノックをして、

「失礼します」

そっとドアを開ければ――

「あっ、奏ちゃんいらっしゃい！」

茶菓子を口いっぱいに頰張《ほおば》り上機嫌な姉が、いつかのように待っていた。

通された部屋は、いつか姉と奏と拝郷が修二に説教を食らったのと同じ部屋だった。

部屋にはいくつかの調度品と応接セットが並んでいるけれど、どうやらいまは客をもてなす場というよりも、占い師オリハシの個室として使われているらしい。壁側に設置された背の低い本棚には、何やら教義でも書いたらしい書籍が並んでいるが、ガラス戸はぴっちりと閉じられているうえ棚の上には姉の私物が雑然と置かれている。

三人掛けの応接用ソファで奏の横に座り、菓子のたくさん詰まった籐《とう》のバスケットを抱《かか》えながら「おすすめはこのナッツの入ったクッキーで、こっちのマドレーヌもおいしいよ」とうきうきの様子で世話を焼いてくる姉に、いつもと変わった様子はない。

赤垣が、ティーポットとカップを運んできた。

「あっ赤垣、わたしが淹《い》れるからお盆ごとちょうだい」

「わたしがやるよ、お姉」

「やだやだ、久しぶりの姉妹水入らずなんだから、ちょっとはお姉ちゃんにお世話させてちょうだい。……熱っ」

「あっ、ほら」

勢いよくティーポットを傾けたせいでカップから跳ねた雫《しずく》が、姉の左手に落ちた。奏はテーブルのおしぼりを取って姉の手に当て、赤垣は慌てて「冷やすものを持ってきます」と離席する。姉は「えへへ」と照れたように笑いながら、おしぼりを当てる奏の手を右手で握った。

「ここの中入るの、大変だったでしょう」

「本当だよ。門のところにマスコミっぽい人来てるし……あっ」

ここに来てから、まだ修二に連絡を取っていないことを思い出した。彼はまだ、外でマスコミ相手に話し合いをしているのだろうか。

「忘れてた。修二さん呼ばないと」

「ええっ」

姉は悲しそうな声を上げ、鞄からスマートフォンを取り出そうとする奏の手を握り直すと、「やだやだ」とまた首を振った。

「奏ちゃんが修二のこと大好きなのはわかるけど、たまにはお姉ちゃんだって奏ちゃんと仲良くしたいな」

「ええ……でも」

「もうちょっとだけ、お姉ちゃんと二人でお話しようよ。はい、あーん」

市松模様のクッキーを一つ差し出されて、まぁ多少ならいいか、という気分になる。クッキーを咀嚼《そしゃく》する奏の隣で、満足そうに頷く姉。

「あ、おいしい」

「ね。修二に食べさせるのはもったいないよ」

姉にとっても修二は友人だろうに、さんざんな言われようだ。

「ここ、居心地悪くはないんだけど、籠城《ろうじょう》してるとどうしてもご飯がデリバリーばっかりになっちゃうのが辛《つら》いところかな。そろそろおうち帰って、奏ちゃんの海老《えび》グラタン食べたい」

姉は奏の作る海老グラタンが大好物なのだ。何か機嫌を損《そこ》ねるようなことがあったりしたとき、夕飯メニューのリクエストを聞くと必ず海老グラタンと答えたし、稀《まれ》に姉妹喧嘩をした日には、奏がそれを作ることで仲直りのきっかけとしていた。

「どうしてここに来ているの、お姉？」

渦中の人間が渦中の場所にいるのは、危機管理の面からしてあまり優れた判断とは思えない気がする。尋《たず》ねると姉は「いやぁ」とばつが悪そうに頰を掻《か》いた。

「オリハシによくない噂が立ってることは知ってたし、ほとぼりが冷めるまでここで仕事しようかなって思ってたの。仕事のための道具は揃《そろ》ってるし、下手に自宅に帰る道をつけられたら、今度は奏ちゃんが危ないしね。人の噂も七十五日なんて言うから、放っておけば下火になるって判断してたんだけど……そうしたら今日、あんな記事が出てきて。ますます、帰るに帰れなくなっちゃった」

そう語り、しょんぼりと肩を落とす姉のことを、奏は少し意外に思った。姉が行く末を読み違えるなんて珍しいことだ。しかしその湿っぽい様子は長く続かず、すぐに気を取り直すと「奏ちゃんが会いにきてくれて嬉しい」と奏をぎゅうと抱きしめた。

「そうだ、お姉、例の噂の件でいろいろメールとか来てない？　大丈夫？」

「心配してくれるの？　ありがとう、お姉ちゃん嬉しい」

奏の頭に頬ずりしながら、「あんな面白みに欠けるお気持ち文、ダース単位で届いたところで痛くもかゆくもないね」と吐き捨てるあたり、奏の予想はやはり当たっていたらしい。そして修二の心痛は徒労に終わっていると。

「だけど、修二さんはすごく不満そうだったよ。左々川さんも」

「あいつらは煽《あお》り耐性が足りない。左々川なんて、昨晩からずっと電話を鳴らしてきて、あんまりにもうるさかったから着拒してやったよ」

不快に思うくらいなら、電話を取ってやればいいのに。

「それで奏ちゃんは、どうしてここに?」

「それが……」

奏は先ほどまでのことを話した。占い師リン・リーフとその助手に助けを求められ、会ってきたこと。今朝のリンのブログ記事は、リンの証言が正しいのなら、何者かによって勝手に投稿されたらしいということ。リンも、カンジョウに連絡を取れないこと。修二いわく、彼もカンジョウへ連絡を取ろうとしたが失敗に終わっていること……修二がドッペルゲンガー説を提唱してうるさかったことも、ついでに。

姉は最後の報告に「彼らしい」と肩をすくめた。それから、

「わたしも、カンジョウっていう人と、この団体の関係性は調べてたよ」

「本当?」

「うん。でもね、カンジョウという姓、あるいは名を持つ人間は、いまこの団体に所属している人の中にはいなかった。例の事件の前後にも、関係者名簿にそういう人はいないよ」

「ちなみにその『希望のともしび』関係者の名簿に、リン・リーフとビアンカ・U・ガランの名前はある?」

彼女ら自身が、希望のともしび関係者である可能性を追うことも忘れない。

「ないよ。そもそも、二人とも芸名でしょう？」

リンでリーフ。……ただの当てずっぽうだが、

「……林葉子とか、鈴葉子とか」

「わたしも念のため見たけど、なかったな」

「そっか」

世間はそう甘くなかった。

リンたちのことはともかく、カンジョウはやはり偽名ということだ。ウェブ上で本名を使わないことは珍しくはないから、と考えていて、もう一点思いつく。

「カンジョウって人、名永教《めいえいきょう》の関係者にはいない？」

「メイエイ……？　なんだっけ、それ」

今年の夏頃、奏がオリハシ代役として、左々川から引き受けた依頼である。この新興宗教団体を追い出されたあと、千里眼を持つと人を騙《だま》していたが、奏が修二や左々川と調べ証拠を握るため動いた結果、彼らは無事逮捕された。

代役として引き受けた仕事はすべて姉と情報共有しているから、姉が知らないはずはないのだが、どうも彼らは姉の記憶に残る価値もない存在だったらしい。「偽教祖の……」

と奏が言うと、ようやく姉は手を打ち合わせた。

「あ、ここ追い出されたあと、しょっぱい偽教祖ごっこで空き巣してた人たちのことだ」

「そう。あの教祖の本名ってわかる？」

過去のニュースを調べればわかることだろうが、それよりも関係者に聞いた方が確実だろう。尋ねると姉は、部屋の隅《すみ》に控えていた赤垣を見た。

「赤垣、覚えてる？」

「少々お待ちください……三雲春永《みくもはるなが》と、その一派ですね。ただ、彼らは現在、例の件の裁判で勾留《こうりゅう》中のはずですよ」

ノートパソコンを叩いて、赤垣が正確なところを答えてくれた。

「ちなみに今日の朝、リンのブログ記事が更新された頃、お姉はどこで何してた？」

「朝七時だっけ？　ここで赤垣と朝ご飯食べてたよ。パンケーキをデリバリーしました
……もしかして奏ちゃん、お姉ちゃんのことも疑ってる？」

「一応ね」

修二の意見によれば記事の投稿は時間指定ができるらしいし、そうであるならアリバイなど聞いたところで意味はない。姉がオリハシの評判を下げる理由だってますますないが、すべては念のためだ。

唯一の家族なのに疑いをかけるなんて、悲しませてしまうだろうかと思ったが、

「考えられるすべての可能性をちゃんと疑う奏ちゃん、えらい！」

と頭を撫で回すので、姉は奏に甘すぎるような気がする。

「お姉、わたしもう大学生なんだけど」

「奏ちゃんはいくつになってもかわいいよ」

聞いてくれない。

それから姉は、いつもの何かを深く思うような目で、

「お姉ちゃんはいつでも、奏ちゃんが元気で幸せだったらいいなって思ってるよ」

奏の頬に添えられた姉の手から、甘いクッキーのにおいがする。どう答えようか悩んでいると、姉はもう一度、「気をつけてね」と言った。

オリハシの悪い噂を触れ回るのは、さて誰だろう。どういう理由で？

そうして奏が姉に撫でくり回され菓子を口に運ばれつまりさんざん甘やかされて、どれくらい時間が経《た》った頃か。

奏のスマートフォンが着信を告げたので取ると、奏が返事をするより早く、慌てた様子の修二が「奏？」と呼んだ。

「どうした？　いまどこにいる？」

「施設の中にいますよ。裏に、別の入り口があって案内してもらいました」

「……そうか」

「そんなに慌てて、どうしたんですか？」

「いや……」

尋ねると、ばつの悪そうな様子で、

「……車に戻ったら、いなかったから」

「修二さん好きです」

「やかましい」

心配してくれたことに感極まって求愛したら拗《す》ねられた。

彼もここに呼んだ方がいいだろうか。話したいことがあるだろうかと姉を見ると、奏の電話には一切興味なさそうで、ポッキーをぽりぽり齧《かじ》っていた。別に会いたそうでもない。一応聞いてみるも、姉は左右に手を振るだけだった。

コンビニで待っているから、と修二が言って、電話は切れた。——さて。

「お姉、わたしそろそろ帰るよ」

「ええっ。もうちょっとゆっくりしていきなよ」

「いいけど、あんまり待たせると修二さんが来ちゃうよ」

「それは面倒くさいな」

姉はまるで田舎《いなか》の親戚《しんせき》のように、バスケットの菓子をポリ袋に詰めて「持ってって」と奏の手に押しつけた。

「お腹《なか》空いたら食べてね。赤垣、奏ちゃんを修二のところまで送ってあげて」

「一人で大丈夫だよ、道も覚えてるし」

「駄目。危ないから」

危ない。姉は何をそれほどまで危険視しているのだろう。「早くおうち帰れるように、お姉ちゃん頑張るからね。戸締まりちゃんとしてお留守番しててね」と手を振って見送られ、来た道を戻る。

「今日は、施設の中はひと気が少ないんですね」

「ええ。この騒ぎですので、落ち着くまではなるべく訪問頻度を減らすように、団体の者には伝えています。ま、騒ぎと言っても、いつかの騒動に比べたらかわいいものですけれど」

「今度は逆に、こちらがご迷惑をおかけして……」

姉に代わって謝罪する。赤垣は気にした様子もなく、くすくす笑った。

「お二人は、本当に仲がいいんですね」

「歳《とし》が離れているから、喧嘩にもならないんですよ。でも、いつまでも子ども扱いされるのは、ちょっと不満です」

「先生は奏さんのことを、それだけ大事に考えてるんだと思いますよ。いつも先生は、口を開けば奏さんのことばかりで。羨ましくなっちゃいます」

交差点、コンビニの斜向《はすむ》かいまで戻ってきたところで、奏は赤垣を見上げた。

「ここまででいいですよ。赤垣さんもお忙しいでしょうし」

「とんでもない。大丈夫ですよ」

「お姉が、今度はポットのお湯を全部ひっくり返しているかもしれませんから」

姉の不器用ぶりが本領発揮した日には、キッチンを水浸しにすることを奏は経験上知っている。だから真剣な顔でそう告げれば、赤垣は吹き出して「それでは、お言葉に甘えて」と頭を下げた。

姉は不器用で、言葉足らずで、何を考えているかわからない。だけど、変わることなく奏を大事に思ってくれて、いつでも奏の力になってくれる。好きなもの、好きなことはもちろん、好きな人のことまで、なんでも。奏が小さい頃からずっと、姉は奏を大事にしてくれる。

奏は修二のことが好きだけど、姉のこともまた別の意味合いで好きなのだ。半年前、姉がいなくなったとき、姉のことを助けに行きたいと考えた程度には――

「うん……？」

そのとき。

はたと脳裏に閃《ひらめ》いたことがあった。

信号が青になるが、横断歩道のことはいったん保留。歩き出す前に思い出しておきたい記憶と、繋げておきたい事柄《ことがら》がある。

考える。姉のこと。占い師オリハシ。半年前。希望のともしび。占い師リン・リーフ。ペンデュラム。ダウジング。助手ビアンカ・U・ガラン。彼女らから齎《もたら》された二件の依頼。カンジョウ。何者かに操られたリンのブログ。拝郷の言葉。左々川の言葉。赤垣の言葉。修二に託《ことづけ》られた姉の警戒。かつて占い師オリハシが助けたもの――

奏はスマートフォンから着信履歴を呼び出した。

三コール。

「……もしもし？」

怯えたような声がした。

「リンさん？　奏です」

「あ……」

電話口、リン・リーフの強張《こわば》った声が安心したように変わる。奏の電話の前に、どんな電話を取っていたのか。かかってきた着信すべてを素直に受ける必要なんてないのに。

その正体は、はてさて馬鹿か、正直者か。ただ、奏が確かめたいのはそんなことではない。

「リンさん、少しお時間よろしいですか」

「……大丈夫よ。何？」

「一つ、教えてほしいことがあります。リンさんが、とある変わった占いを依頼されたことがあるかどうか、です」

「変わった依頼？」

「はい」

頷く。その仕草《しぐさ》が電話の向こうに伝わらないことは認識しながら。

占い師リン・リーフのプロフィールを思い出す。高校生。同世代に人気の、人気花丸上昇中の占い師。ビアンカという助手がいる。自身と依頼人の潜在意識を霊的に繋ぎ対話することで、依頼人が真に求めるものを見通し指し示す。彼女が愛用している透き通った大ぶりのペンデュラムに映るものは、曇りなき確かな――

「恋愛運、金運、仕事運。運勢とはたいてい、未来を占うものですね。依頼人は、未来の自分を知りたくて、依頼をすることが多いと考えます。あなたはそのペンデュラムを使い、依頼人の未来を見る。ですがリンさん、あなたはここ数ヵ月の間に」

彼女は。リン・リーフという占い師は、

「『過去の自分の運勢』を占ってほしい、という依頼を受けていませんか」

息を呑《の》むような沈黙があった。

自身の推測が合っていたと、確信めいたものを抱く。

歩行者用信号が点滅している。渡りたいのはやまやまだが、いま、電話を切ることはできない。

「どうしてそれを……」

「わたしはその依頼人が、あなたのドッペルゲンガーの正体ではないかと推測しています。それが、カンジョウという名で占い師オリハシの悪評を流し、あなたのブログを勝手に書き換え、あなたの名を騙り……オリハシを貶めようとしている犯人です」

「それは何かの間違いよ」

奏の推測を、リンはすぐさま否定した。

「だって、ねえ、オリハシの遣い」

リンは泣きそうな声をしている。

「それは——それをわたしに依頼したのは」

しかしそれ以上、奏がリンと会話を続けることはできなかった。背後から伸びてきた手に、握っていたスマートフォンを奪われたからだ。

振り返れば、考えたとおりの人がそこに立っている。

「ひどいですね、奏さん。うちの先生をいじめるなんて」

ビアンカ・U・ガランと名乗った女の姿。

信号は赤く点《とも》っている。


奏がビアンカの車に乗せられ連れてこられたのは、以前リンとビアンカに呼び出されたのと同じカフェ。一番入り口から遠い、奥の二人掛けの席だが、今回は店員に通されたのではなく、ビアンカがその席を選んだのだ。茶をするには遅く、夕飯にはまだ早い時間帯だからか、店内には空席が目立つ。

椅子《いす》に浅く腰かけた奏と対照的に、ビアンカは深く座り、余裕のある表情で「どうぞこの間のようにお好きなものを頼んでくださいな」と言った。奏を挑発するための言い回しのようにも思えるが、その程度で動揺するような性格ではない。ビアンカが店員を呼び、コーヒーを頼んだので、奏はアイスティーを注文した。

メニューが下げられ、テーブルの上はおしぼりと水のコップだけになる。コップに口をつける気にもならず、ただじっと待っていると、

「ねえ、奏さん」

ビアンカが奏を呼んだ。

「教えてくださいな。なぜ、わたしが犯人だとお考えになったの？」

「……オリハシの占いで、そのように」

「嘘つき」

そらとぼけても無駄だということはわかった。

ため息一つ、腹をくくって、対話することを決める。

「あなたに、ビアンカのお名刺をいただいたときからです」

「じゃあ、ほとんど初対面から？」

「怪しんでいたわけではありません。ただ、一般的な『ビアンカ』という名のスペルはBiancaで、ラテン語表記の場合のみBiankaとなります。同様にあなたの姓も、GallandやGalán、Garin……似たスペルのラストネームはさまざまありますが、Garanというのは一般的でない。あなたがそのような特殊な芸名を使用しているのはなぜだろう、敢《あ》えて

それを選んだのはなぜだろうと不思議に思っていました」

　好みの問題だろうか、それとも何かの意味があるのか。

「さて、少しわたしたちの話をさせてください。わたしは……オリハシは以前、名永教という宗教団体の教祖のペテンを暴《あば》きたい、という依頼を請けました。いろいろあった結果、彼らは新興宗教団体『希望のともしび』の元関係者で、数ヵ月前に窃盗と詐欺で逮捕されています。あなた、彼らのことをご存じでは?」

「その人たちがどうかなさったの」

　尋ねるが、疑問で返される。それを、しらばっくれたのではなく、わかりきったことを問うなという暗黙の肯定として奏は捉《とら》えた。

「聞いたところによると、その首謀者と一味は勾留中だそうです。毒牙《どくが》にかかりかけた人々もいまは日常に戻っているとのことです。先日知り合いの警察官に聞いたところ、『満倉《みつくら》さんと鏑木《かぶらぎ》さんはお元気にしている』とおっしゃいました」

「被害者の方々が、事件から立ち直り息災でいらっしゃるのは嬉しいことね」

「……わたしの申し上げたものが被害者の名だと、なぜおわかりで?」

「かまをかけたつもり?　その文脈で出てきたのだから、そのなんとかいう窃盗集団の被害者の話だと誰でも思うでしょう」

「すみません。引っかかって自白していただけたら説明が楽だと思って、つい」

手を広げて笑ってみせると、ビアンカの目尻《めじり》が引きつるように揺らいだ。少しやり返すことができたような気になって、口もとが綻《ほころ》びそうになる。

「続けましょう。いま名前が出てきたお二方のうち鏑木氏の方。彼女が『元気に過ごしている被害者』の一人として名を挙げられたとき、わたしは、おや、と思いました。なぜならわたしは当時、彼女もまた、窃盗集団の一味であると推測したからです」

被害者を選び、話術で近づき、あの陳腐《ちんぷ》な教団施設へ手引きをする役割。彼女はそういう役を務めたのだと、そう考えた。

「しかし、左々川さんの言うことが正しいのなら、彼女は逮捕されなかったらしい」

「それはあなたが推測を誤ったか、あるいは鏑木氏が教祖に心酔していただけの一信者を装って捜査の目から逃げたか。どちらかしら」

「わたしは後者だと思っています」

「なぜ?」

「鏑木氏、フルネームを鏑木奈々《なな》と言いますが」

忘れもしない。この女、ビアンカ・U・ガランと初めて会った日の奇妙な感覚。

以前どこかで会ったことがあるかと尋ねた奏に否定をした、あのしらじらしい顔。

「BIANKA・U・GARANはKABURAGI・NANAのアナグラムですね」

答えはない。ビアンカはただ笑う。

一つ気づいてしまえば崩れるのは早かった。続ける。

「助手としてリンのそばにいたあなたなら、リンのブログのパスワードを知るのは容易だったはず。さらに、最初の記事を書いた『カンジョウ』という名義。こちらはビアンカよりも簡単で、この名前に漢字を当てると『冠城』なのではないでしょうか。音読みでカンジョウですが、訓読みでカブラギと読みます」

空に指で字を書く。冠に、城。

「さて、名永教の一件で偽教祖という商品を失った鏑木氏は、新しい商品を探すことにした。——あなた、リン・リーフに自分の過去を占わせましたね。あれは、次の商品、寄生先を探すためです。『過去を占う』というのは、すでに終わったことを占わせるということ。つまり、その占いが当たっているか外れているか、依頼をした当人にはわかる」

それは通常の占いとは違って、誰にもわからぬ未来ではない。すでに終わり、当人は知っていることだから。言わば正誤のわかる占いだ。

「ビアンカさん、あなたは試したんですね。リンが本当に人の心を見抜ける占い師であるかを……リンがまさに依頼人の真実を読み解き、それを占いというかたちで依頼人に還元していると確信を得るために。そしてあなたの望みどおり、リンはあなたの過去を、占いによって言い当ててみせたのではないですか」

「あなたは、占いというオカルトを信じる人？」

占いで心を覗くなどという、非科学的なことを考えているのか、と。

問いかけるビアンカを、真《ま》っ直《す》ぐに見る。

「彼女の占いは、ダウジングを使ったものです」

この女も知っていることだろうが、馬鹿丁寧に説明してやるとする。

持つべきものは友達だ。拝郷は奏に、とても有益なことを教えてくれた。

「ダウジングというのは摩訶不思議《まかふしぎ》なものではなく、一説には、本人の深層心理を表面化させるものであると言われています。ダウジングを手にして思考すると、それに反応して本人も無意識のうちに手指や腕の筋肉が微細にぶれ、ペンデュラムに届く。そしてペンデュラムに、一定の揺らぎを生み出す。そういうものです」

奏は右手の人さし指と親指の先を合わせ、何かをつまむ仕草をした。

「リン・リーフは、依頼人と対話して相手のことを知り、それをもとに自身の深層心理が依頼人の未来を推測する。そうして心の奥底でわかったことが、彼女の握るペンデュラムに、何らかの動きとして現れるのでしょう。リンはペンデュラムの動きから、自身の深層心理が見抜いた依頼人の真実を知り、それを『占い結果』として依頼人に伝えている」

だから恐らくリンの実態は、折橋姉妹に似ている。奏は調査と推測で、折橋紗枝は直感や直観で、そしてリンは自身ですら気づかぬ腹の奥底で、依頼の真実を見抜く。

「リンはそれらの力で、あなたの過去を見抜いたのでしょう。『これまであなたは、仲間に恵まれなかった』『あまりよくない仲間と何かの計画を立てていた』『すべての計画はうまくいかなかった』『次の拠《よ》り所《どころ》を探している』……などと言ったでしょうか？　めでたくあなたは新たな隠《かく》れ蓑《みの》を見つけた。それも、確かな能力を持つ占い師を」

ビアンカの、作った表情は崩れない。

「あなたはリンを使って、名永教と同じことをしようとしたんですね。ただし今度はあんなペテン教祖の張りぼて的な能力ではなく、リンの深層心理から生まれる、確かに当たる占いを商品にして信者を集め、金を稼ごうとした」

「だとしたら、不思議ではない？」

しばらく黙って奏の話を聞いていたビアンカが、口を開いた。

ブラックコーヒーを一口啜《すす》り、

「どうしてわたしは、ようやく見つけた『金の卵を産む鵞鳥《がちょう》』をわざわざトラブルに巻き込むような真似をしたのかしら。リン・リーフの名を世に広め、大金を集めさせたいのであれば、商品に疵《きず》をつけるような真似はしないはずでしょう」

その疑問はもっともだ。

だが奏は、それに対する答えもすでに予想していた。

「リンはあなたの期待に応《こた》えられなかったのではないでしょうか」

「それは？」

「彼女は、金を稼ぐことに長《た》けていなかった。だってリンは、『同世代に』人気の占い師だったから。彼女のメインのファン層である高校生たちの財力など、たかが知れていた」

現にリンがオリハシに占うよう命じた依頼の二件も、よくある高校生、大学生たちの悩みだった。恋に友情に悩んではリンという占い師に救いを求める学生たちは、いつぞや奏がかかわったような、抱えた悩みのため大事な資金にすら手を伸ばす人たちではなかった
……そういう依頼人をきっと、ビアンカは望んでいたのに。

リン・リーフの力は確かに評価され、知名度もビアンカの目論見《もくろみ》どおり上昇傾向にあったが、いつまで経っても寄せられる依頼は些末《さまつ》なものばかり。さらにビアンカには気の滅入《めい》ることに、リンもそれをよしとしていた。

「リンから多くの金を引っ張ることができないと判断したあなたは、リンを金儲《かねもう》けの道具ではなく、オリハシを攻撃するための道具として利用することにした。うまく逃げおおせ

たとはいえ、かつてあなたの犯行を邪魔したオリハシを、あなたが憎んでいないわけがない。さらに、使いものにならなかったリンと共倒れになれば溜飲《りゅういん》が下がる。――以上のことから」

話すべきことは、すべて話した。

「ビアンカ・U・ガランさん。カンジョウと名乗り、占い師リン・リーフのブログ情報を不正に得、占い師オリハシの根も葉もない悪評を広めたこと。これらはすべてあなたが行ったことであるとわたしは推測しました。いかがでしょうか」

向かいに座る女を睨《ね》めつける。

しかしビアンカは奏を恐れたりしなかった。彼女はその穏《おだ》やかな笑顔のまま、右手を開き、左手は人さし指と中指だけを立ててみせた。

「七十点ね」

そして、少し首を傾けた。

黒くて長い髪が一房、彼女の頬にかかる。

「それでもわたし、あなたの考えは見事だと思うわ。よく考えてくださいました」

しかし言葉と裏腹に、ビアンカの口調は奏を称賛するようなものではない。子どもをあやすようなそれに、奏は表情を変えぬよう努力しながら返した。

「わたしの推測の、何が間違っていましたか」

「一ヵ所」

ビアンカの、人さし指の先を見る。

「ビアンカはリン・リーフを、オリハシに一矢報《いっしむく》いるための道具として使うことにした──それで終わってしまっては足りない。奏さん、あなた、さっきご自分でおっしゃったでしょう。わたしはね、次の商品、次の拠り所を探さなくてはならなくなったの」

拠り所──ビアンカが金を搾取するための餌《えさ》。希望のともしびは追い出された。名永教は潰《つい》えた。リンは駄目だった。だったら次にビアンカが、祭り上げる対象として目をつけたのは?

占い師オリハシ? オリハシの遣いを名乗る奏をここに呼び、いままでの話をしたのは、オリハシに言うことを聞かせるための人質として?

違う。彼女はリンの名を騙ってオリハシを貶める行為をし、結果リンをも今回の騒動に巻き込んだことを、「金の卵を産む鵞鳥に疵をつけるような真似」と言った。ビアンカはすでにオリハシの悪評を世間にさんざんばら撒《ま》いている。オリハシに対する瑕疵《かし》を、それも自分の手で拵《こしら》えているのだから、その可能性は彼女のスタンスに矛盾する。

考えろ。このビアンカの口ぶりからすれば、きっとすでに手がかりは与えられている。

ビアンカが、鏑木が知る人で、奏が推測することのできる人。彼女の道具として使われるにふさわしい人材を。オカルティックな雰囲気で人を信じ込ませ、騙せる人。金勘定ができる人。人心を摑める人。それは姉ではない。リンでもなかった。ならば残りは。修二？左々川？　拝郷？

——いや。

その答えに至ってしまったこと自体が彼女の策略だったのだと奏が気づいたとき、

「百点」

とビアンカが言った。

「奏さん。わたし、あなたとお仕事がしたいのだけど」

時計を見たいな、と奏は思った。

このカフェに連れてこられてから、どのくらい経過しているだろう。集中して話し続けたせいで、時間感覚が曖昧《あいまい》になっている。一時間は経っていないと思うが、奏に腕時計をする習慣はなく、スマートフォンは奪われたままだ。目だけを動かしてカフェを観察するが、時刻を知れる類のものは見当たらない。

無言を貫《つらぬ》く奏と対照的に、ビアンカは高めのトーンで自分の思いを話し続ける。

「わたしね、あの名永教のちゃちな建物であなたを見たときから、あなたのことがずっと気になっていたのよ。オカルトだの超常現象だのなんて信じているような様子はない。なのにどうして、占い師の小間使いなんてしているのかなって」

「まあ、いろいろと事情がありまして」

曖昧に濁《にご》した。そう、奏には事情がある。

ここで語るには長すぎる事情であり、この女に話す必要は感じられない事情が。

「わたしならもう少し、現実的な観点でのお仕事を、あなたに与えられると思うのだけど」

「現実的？」

繰り返すと、ビアンカはにこりと笑った。

あまりいい気分のする笑みではない。金のにおいのする笑みだ。

「あまり難しく考えないで。スカウトの話とでも思ってもらって大丈夫よ。いまよりいい条件であなたを雇おうというだけの話。学生さんだと、引き抜きっていう言葉はまだ聞いたことないかしら？」

「あなたこそ、大学生って言ってませんでしたっけ」

「あら。そうだったかしら。最近忘れっぽくて」

頬に手を当ててとぼける。わざとらしい。

ビアンカは声のトーンを落とした。目を細め、同情的な表情を作る。

「ねえ、奏さん。虚《むな》しくない？」

「何がですか？」

「だって、あなた、いまのままでは、どれだけやってもあの女のドッペルゲンガーなのよ」

ドッペルゲンガー。そう表現したのは、先の修二の表現に引っかけたのだろう。

「いまのあなたがどれだけ成果を上げたところで、すべてはオリハシという名の大樹に吸われる。いつかあの女が折れたら、あなたもともに倒れるだけのお仕事よ。心細く、虚しくないかしら？　わたしなら」

一拍置いて。

誘うような笑みを作り。

「あなたを、あの女よりも魅力的な人間として飾ってあげることができる」

人の承認欲求をくすぐる言葉を、ビアンカはよく知っているらしかった。

「奏さん。あなたはリン、オリハシ、いいえ、それ以上のカリスマ性を持つ存在になれるとわたしは評価している。あなたのことをわたしに任せてみない？　ノウハウはわたしが持っているわ。あなたはわたしの言うとおり動いてくれればいい。わたしと一緒に、ビジネスをする気はない？　……そう。あなたの想《おも》い人《びと》だって、きっとあなただけを見るようになるわ」

奏の想い人が。

自分だけを見てくれる？

——なるほど。

「ビアンカさんのお考えは、よくわかりました。また、わたしのことをそれほどまでに高く評価してくださって、とても嬉しいです。ありがとうございます」

奏はまず、頭を下げた。自身の腹の底が見えてしまわないようにしっかりと、深く。

頭を上げると、ビアンカは何をどう解釈したのか、和らいだ表情を見せ——

「ですけどいまのバイト、けっこう好条件なんですよ」

ビアンカが勘違いしてしまわないうちに、奏は眉を寄せて、苦笑いを作った。

「給与面だけでなく、職場環境も福利厚生も充実していますし、起きてしまったトラブルに対しては再発防止策を講じ、以後徹底した対応をしてもらっています」

少し前、同じようなことを誰かに言った。だけどそれは本当のことだ。

いまの仕事はお金には困らないし、もし差《さ》し障《さわ》りがあれば改善もしてくれる。オカルト業務が追加されるなど、稀に納得できない業務内容の変更もあるが、それでも想い人と一緒にいられるというのは大きなメリットだ。

それに。

「ところで先ほど、今回の一件の話の中で、あなたはリンを、オリハシを傷つけるための武器として使ったとわたしは推測し、あなたもそれを肯定しましたが……ねえ、ビアンカさん。今回あなたが流した噂。あんなもので本当に、オリハシの顔に泥が塗れたとお思いですか?」

「……どういうこと?」

あまりの考えの浅さに、うっふ、と笑みが漏れてしまう。まったくこの女の計画の、どれを取っても考えが浅い。もっとも——

その口で、姉を愚弄《ぐろう》するのも。

安易に、彼のことを喋るのも。

薄っぺらい思考の持ち主でなければ、できない所業だろうが。

「オリハシの仕事相手は、芸能人や政財界関係者にも多くおります。今回のことで、『希望のともしび』詐欺事件にオリハシが何らかのかたちでかかわっていたということは世に知れたでしょうが、逆に言えばそれは『内部からのリークがなければ、オリハシが関係していることに誰も気づかなかった』ということです。例の宗教団体の事件自体は世間で話題になるほど大きな案件であったというのに、オリハシ側からその案件に関係したという事実は一切、漏れることがなかった。──オリハシの口の堅さが証明されましたね。一般からの人気は確かに落ちるかもしれませんが、『一切を他言無用で引き受けてくれる、有能な占い師』を求める人間は世に少なくないんですよ」

　そもそもだ。これで弊オリハシ業が廃業になったとて、姉自身はさしたるダメージを負わない。姉が占い師という職業を選んだのは自身の特性を活《い》かせるからというだけの理由であって、夢にまで見た念願の仕事などではないのだから。また新しい仕事を思いついて、どこかでうまくやるだろう。姉は、それだけのスペックとポテンシャルを持っている。

　その場合、修二のオカルト雑誌記者としての評判だけはどうなるかわからないが、もし彼が職を辞するようなことがあれば、そのときは奏が養ってもいい。キャリアウーマンとして活躍する奏の帰りを、エプロン姿で夕ご飯を作って待っている修二。なんて素晴らしい光景か。ブラボーである。ハラショーである。マーベラスなのである。

　──ともかく、考えられるどの可能性を追ったところで、

「ビアンカさん、あなたは信用ならない、詰めが甘い、やり口が汚い。わたしはまだ学生

で、ビジネスのことは経営学で学んだ程度にしかわからないんですけど、あなたのような方と組んで起業するのはちょっとばかり、リスクが大きすぎると思うんですよね」

三本指を立てて演技臭く言い捨てると、ようやくビアンカの表情が歪んだ。

ざまあみろ。

「ああ、そうそう、それから、もう一つ」

「……何」

大事なことを、言い忘れていた。

「わたしのスマートフォン、そろそろ返してもらっていいですか？」

ビアンカの死角に能面のような表情で立つ、愛し《いと》の姉と想い人を視界の端に収めながら、奏はビアンカに、晴れ晴れとした笑みを作ってやった。

「GPSを常時オンにしているのって、けっこう電池食うんですよ」

姉は常に連絡を取れるように、妹は随時、姉に居場所がわかるように。

弊オリハシ業の再発防止策は、きちんと機能しているのだ。

終

着る毛布を被《かぶ》った奏《かなで》が、仕事部屋の前の廊下で耳を欹《そばだ》てる。

「こんにちは、星の巡りに導かれし迷える子羊よ」

本物の占い師オリハシの、依頼人と話す声がする。


奏がビアンカを名乗る女に誘拐され、姉と修二《しゅうじ》が助けに来たのは昨日のこと。

誘拐、と言うのも大げさな気がしたが、助けに来た姉の激昂《げきこう》ぶりを思い出すと、その表現が適切に思えてくるから不思議である。

奏の精神状態を心配した姉の手によって、奏は帰宅後すぐに、休むよう言われた。姉に風呂《ふろ》で体を洗われ夕食は手ずから口に運ばれ、子守唄《こもりうた》まで聴かされるという徹底した甘やかしぶりで寝かしつけられ、気づいたらいま——午前九時。

なお、本日奏の予定に入っていたオリハシ代役の仕事は、代役の代役として姉が務めてくれることになった。一周回って本物だ。

十月にしては冷えた朝。遅く目を覚ました奏が、占い師の衣装としてでなく本来の防寒用途として、着る毛布を纏《まと》って廊下を歩いていると、ちゃかちゃかちゃかと忙《せわ》しない音が軽やかな鈴の音とともに近づいてきた。

振り返ると同時、勢い余った飼い猫ダイズが奏の足にぶつかった。

「ダイズ。どうしたの、ご飯かな」

「にゃあ」

昨晩は、世話を姉に任せて寝てしまった。空腹だろうか、それともトイレの掃除かと心配したがそうではなく、ただゆらゆらと廊下を動く毛布の裾《すそ》に狩猟本能を刺激されただけだった。前足で一生懸命、毛布の裾を叩《たた》いている。

そして、廊下を全力疾走するダイズの姿を目撃した人がもう一人。

「どうした、ダイズ……あ」

「あれっ、修二さん」

奏が驚いたのは、ひょっこり顔を出した彼が、珍しいことに包丁と果物など手にしていたからだ。

「おはよう。どうした、喉《のど》でも渇いたか」

「目線こっちください！」

「連写するな。動画を撮るな」

寝起き姿の恥ずかしさより、折橋《おりはし》家で家事をしている修二という稀有《けう》なシチュエーションへの興奮が完全に勝《まさ》っていた。ほぼ無意識のうちにスマートフォンからカメラアプリを起動させてすっかり記録を終えると、奏はぺこりと頭を下げた。

「取り乱しました」

「データを消せ」

嫌である。

修二がキッチンに戻っていったので、奏も毛布のポケットにスマートフォンを戻して、キッチンを覗《のぞ》いた。見事なフルーツの籠《かご》盛りが、まな板の脇《わき》に置かれている。果物がすべてなくなったら、ダイズが喜んで寝床にしそうなサイズの籠だ。

そして修二が包丁で剥《む》いていたのは、その中の林檎《りんご》だった。平皿にウサギのかたちに切《き》り揃《そろ》えられたそれらを眺《なが》めていたら、「ん」と、ちょうどできあがったくし切りの一欠けを口に突っ込まれた。甘くてみずみずしい。

「果物持ってきてくださったんですか。ありがとうございます」

「いや、これは俺じゃなくて、赤垣《あかがき》さんから。お前に詫《わ》びと、お見舞いだって」

「お詫び？」

聞き返すと、包丁を動かす手が止まった。ためらうように。

しかし誤魔化すことに意味はないと思ったのか、すぐ、はっきりとした声で続けた。

「自分が、ちゃんとお前を送らなかったせいだからって」

怒りすら滲《にじ》むような声音。ただ、その怒りは彼の性格上、赤垣に向けたものではないのだろう。

「……不甲斐《ふがい》ないよ。あれだけ折橋から注意されていたのに」

修二さんのせいじゃないです、と言ったところで聞いてはくれないだろう。

昨日、奏がビアンカに連れ去られたあと。修二がいくら待てど戻ってこない奏に嫌な予感を覚えた頃、彼のもとに知らぬ電話番号から着信があったという。恐る恐る出てみると、飛びつくような少女の声がした。占い師リン・リーフだった。

奏からの電話が突然切れたリンは、さんざん迷った挙げ句、修二の渡した名刺に書かれた電話番号に連絡したのだそうだ。修二は電話を切り、急いで奏に電話をするも出ない──その頃、奏のスマートフォンは、ビアンカに奪われていたから出られるはずもない。

奏がいるはずの「希望のともしび」宛《あて》に電話をすると赤垣に繋《つな》がり、奏とは先ほど別れた旨を知らされる。ついに血の気の引いた修二の耳に姉の罵声《ばせい》が届いた。合流した姉に思い切り頰《ほお》を張られ、姉の罵声を聞きながらアクセルを踏み、GPSの示す先まで駆けつけてくれたということだ。

「気に病まないでください。修二さんは、ちゃんと助けにきてくださったじゃないですか」

「それで足りるものじゃない」

「では、お詫びにちゅうとかしてくださいますか」

「俺は真面目《まじめ》に言ってるんだ」

奏も真面目に言っているのだが。

「あの女を捕まえることも、できなかった」

それは仕方のないことだ。

ビアンカは、二人が意識を奏に向けた一瞬の隙《すき》に、その場の会計をテーブルの上に置いてするりと逃げてしまった。リンに頼んでビアンカに連絡を取ってもらったが、教わっていたそれがビアンカに繋がることはもうなかった。リンがカンジョウに連絡を取った際にも、カンジョウはさっさと連絡先を消して逃げてしまっていたのだから、今回もそうなってしまったところで不思議ではなかった。——リンは、ひどく傷ついた様子であったけれど。

しかしあそこでビアンカを捕まえられていたとしても、奏を連れ去ったこと、リンのブログのパスワードを奪ったこと、どちらもさしたる罪には問えまい。占い師オリハシの名誉毀損で訴えることはできるかもしれないが、どれだけの罰を与えられるかと考えたとき、一同の満足するものになるかどうかはわからない。名永教《めいえいきょう》の事件のときもうまく逃げおおせたあの女のことだ、今回も、逃げ道は用意していただろう。

「噂《うわさ》のこと、折橋と相談したんだけどさ」

「ああ、はい」

「オリハシの噂のことは、数日待ってから、オリハシの名前で、詐欺《さぎ》事件と関係があるというのは事実無根であることを告知する。また、赤垣さん……宗教団体『希望のともしび』から、以前の事件のあとにアドバイザー的存在としてオリハシを頼ったことは認めるが、事件とは無関係であることを告知する。あとは、そうだな。リンは間違った情報を握らされた被害者であり、オリハシとは和解したということも広告する」

「そのあたりが落としどころでしょうね。リンの評判にも幾ばくかの傷は残るでしょうし、オリハシを疑う声も多少は残るでしょうが、致し方ないことです」

「これ以上の対応はないだろうな。俺も雑誌に、誤解を解く記事を書かせてもらう手はずにはなってる。できるだけうまく書けるようにはするよ」

「プロの記者さんの記事があれば、噂なんてすぐに世間から吹き飛びますね。百人力です」

「抜かせ」

冗談交じりに奏が言うと、ようやく「けっこう大変なんだぞ」と少し笑ってくれた。

「それから……ビアンカ・ガラン」

「ええ」

「あの手の女はたいていしつこい。またいずれ、こちらを狙《ねら》ってくるだろう。けど、次は俺があいつをしっかり痛い目に遭わせてやるから、お前は何も心配するな」

「頼りにしてます」

リベンジを宣言する修二に奏が頷《うなず》くと、彼は満足そうに「よし」と言った。調子を取り戻してくれたようでよかった。

身支度を整えてきますと告げ、奏はキッチンを出た。足もとにまとわりつくダイズと一緒に。

廊下を歩きながら、想《おも》い人《びと》のことを考える。奏は彼のどのような姿も好きだ。笑顔はもちろん、思い悩む姿も素敵だと思う。奏よりも姉のことの方を想っているのだと白状できない意志薄弱なところも、打ち明けられず勝手に罪悪感を募《つの》らせるところも、大好きだ。

しかし、先ほど奏が伝えた「気に病まないでほしい」というのも決して偽りではなく、今回ばかりは心からそう願っている。なぜなら今回、修二はひたすら心労を溜《た》めただろうから。

それは彼の責任ではなく、ビアンカのせいというのも実は異なる。本懐は……

「あっ、奏ちゃん」

そのとき廊下の先で、ドアが開いた。

警戒したダイズが奏の後ろに下がったが、現れた人影はそんなものなどお構いなしに、とろけそうな笑顔を浮かべた。オリハシの仕事を終えた姉が、仕事部屋から出てきたのだった。

「代わり頼んじゃってごめんね、お姉」

「ううん。こんなときまで奏ちゃんにお仕事お願いできないよ。いま修二に果物剝かせてるから、できあがるまでお部屋でゆっくりしてて」

「あ、さっきキッチンで聞いた。赤垣さんに果物籠貰《もら》った、って。でもわたし、そこまでしんどくないよ。確かに、ビアンカさんと二人で話したときはちょっと大変だったけど、わたしのことは本当に大丈夫」

「そう?」

「うん。だって」

奏は頷き、できるだけ明るい声音で、

「お姉のおかげで、修二さんがわたしのこと、たくさん気にかけてくれたしね」

悪戯《いたずら》の共犯を手がけたような心持ちで言った。

――今回の、占い師オリハシ悪評騒動の本懐とは。この騒動に便乗して、姉が企《たくら》んでいたこととは、

「お姉、ずっと、修二さんを試していたでしょう」

にこにこと優しそうだった姉の表情が、その瞬間、ふっと曇った。

奏はずっと不思議だと思っていた。いや、奏だけでない。修二もずっと、怪訝に思っていたようだった。最後の最後、無事に再会できたことで修二の頭からはすっぽり抜け落ちたようだったが、奏はきちんと覚えていた。

どうして姉は、奏からの連絡は受けながら、修二からの電話をずっと取らずにいたのか。

それでいて、あれほど奏の身に気をつけるよう再三忠告していたのか。オカルトという餌《えさ》を撒《ま》いてまで、修二が代役業務を行う奏にさらなる注目をするよう仕向けたのか。どうして奏の身が危ないことを知りながら、姉自身が奏を守ることはしなかったのか？

奏の危険を知りながら、最後の最後まで自らが行動することをよしとしなかったのはなぜか。ずっと、奇妙に思っていた。

奏は推測する。姉は奏を見殺しにしたかったわけではない。そうであったなら修二を執《しつ》

拗《よう》に巻き込もうとする必要はなく、また、奏と姉の連絡を自由にする理由もなかった。姉の挙動で奏に対するものに不自然なところはそう多くない。明らかに不自然であったのは修二に対してのそれだ。

だとしたら――姉は今回の件を使って、修二を試していたのではないか。正確には、修二が確かに妹を守るため動いてくれるか、検証していたのではないか。

そして、その推測どおり。

姉は奏から目を逸《そ》らした。

「奏ちゃんの大事な修二をいじめたから、お姉ちゃんのこと、嫌いになった？」

「ならないよ」

姉が彼に対し居丈高《いたけだか》な態度を取るのは、いまに始まったことではないから即答できる。

だけど、なぜ姉はそんなことをしようとしたのか。

「お姉ちゃんね、心配になったの」

「……心配？」

「そう」

奏の、物事を深く考えるときの目は、姉によく似ているという。

似せているつもりも、似ている自覚もないが、その目とはきっと「これ」のことなのだろう。肯定を口にする姉の目が、深く沈んでいる。

「奏ちゃんは、素敵な子だから。わたしと違ってたくさんお友達がいて、いろいろなことを論理立てて考えることができて、考えを理路整然と人に伝えられて、誰とでも仲良くなれる。愛嬌《あいきょう》もあって、たくさんの人に好かれる、すごくかわいい女の子……」

「それは『身内の贔屓目《ひいきめ》』ってやつだよ、お姉」

「そんなことない」

肩を落としたままの姉が、力なく首を振った。

「現にあの女も、こうして奏ちゃんのことを狙ってきたでしょう」

耳の奥に再び聞こえる。──「奏さん。わたし、あなたとお仕事がしたいのだけど」

そうか。それでやっと、合点《がてん》がいく。姉はきっと、奏たちより早く、ビアンカと名乗ったあの女の企みに気づいていたのだろう。姉が「希望のともしび」で奏より早くリンの記録を調べていたのは、占い師オリハシ悪評騒ぎのためではなく、あの女の身辺調査のためだったのだ。だとしたらさて、修二に奏の身を守るようことさら警告した理由は？

姉が奏の足もとに目をやった。ダイズは何を感じ取ったのか、顔を姉に向けてシャッと威嚇音を発し、奏の足にぐいぐい身を寄せる。威嚇された姉は気にもせず、どころか「ダイズも奏ちゃんのことが大好きだもんね」と愛《め》でるように言い、

「だから、いつか奏ちゃんが、わたしから離れていっちゃうんじゃないかって心配になったの。わたしがあの女を追い払うのは簡単だった。でも、あの女が最初で最後だとは思わない。奏ちゃんはいつか、自分にはお姉ちゃんがいなくても大丈夫だって気づいて、オリハシの代役も辞めて、わたしの前からいなくなっちゃうんじゃないかって心配になったの。……でも、わたしには奏ちゃんしかいないから」

他《ほか》の誰もが自分を見ていなくとも、妹だけがそこにいれば。

姉にとってのその位置は、妹以外の誰にも代用がきかない。姉が河川敷《かせんじき》で拾ったダイズも、姉に心酔する左々川《ささがわ》も、姉を誰より想っている修二でさえ。

「だからわたし、修二に指示したの。修二が常に、奏ちゃんのことを守るように。だって奏ちゃんは、修二のことが大好きだから。修二がオリハシ代役の手伝いをしてくれたら、奏ちゃんはずっとオリハシの代役を頼まれてくれるでしょう？　これから先、たとえオリハシに悪い噂が流れても、どんな疑惑を持たれても……」

修二が、オリハシ代役を守ろうと努《つと》めてくれる限り、奏はオリハシの代役を務める。そうすれば、

「奏ちゃんはわたしの代役として、ずっとわたしのところにいてくれる」

執拗に修二に「奏を守れ」と伝言したのも、オリハシにオカルトのお悩み受付なんてい

う新たな付加価値をつけたのも、修二がオリハシの代役である奏を気にかけるように。そしてそれらは、修二のことを大好きな奏が、これからもずっと占い師オリハシの代役でいたいと思わせるため。

奏が修二の隣にいるためオリハシを利用するのと同じように、姉は奏を自分に縛りつけるため、修二を利用しているということか。

……そんな、遠回りなことをしなくても。

奏は姉のことが好きだ。小さい頃は疎《うと》ましく思ったこともあるけれど、たった一人の家族で、姉妹で、心から大事に思っている。困っていることがあったら頼ってほしい。嬉《うれ》しいことがあったら喜んで笑ってほしい。姉が奏に思ってくれるように、奏だって、姉にはいつでも幸せに思っていてほしいのだ。

「大丈夫だよ、お姉。わたしはどこにも行かないよ」

「約束だよ」

いつの間にか泣きそうな顔をしていた姉が、奏を、毛布ごと抱きしめた。

「いつもありがとね、お姉」

「どういたしまして。大好きよ、奏ちゃん」

大事な姉に日頃の感謝を告げると、姉は妹に、溢《あふ》れんばかりの愛を告げる。

「奏ちゃんは、絶対、誰にもあげないんだから」

＊＊＊

占い師オリハシ。「よく当たる」と巷《ちまた》で話題の女占い師で、一般人からはもちろんのこと、芸能人や政財界関係者からも日々依頼が舞い込んでくる。

メールや専用ウェブサイトを通じて依頼を受ける、最近珍しくもないオンライン特化型の占い師で、星の巡りやカードなど、彼女の扱えるいくつもの方法を用いて依頼者の運勢を診断する。彼女の占いは、依頼者の運勢だけではなく心すら見通すようだという人もおり、彼女を頼ればよりよい未来を教えてくれるとされる。

ゆえに人気は高く、サービスは好評で、リピーターも多い。しかし――

独占欲が強く、妹の折橋奏をすこぶる溺愛《できあい》していることは世に知られていない。

おしまい。

本書は書き下ろしです。

〈著者紹介〉
なみあと
2014年、『宝石吐きのおんなのこ』で第2回なろうコン（現ネット小説大賞）追加書籍化作品に選出され、'15年に同作でデビュー。シリーズ10巻にて完結。'22年『悪役令嬢（ところてん式）』がコミカライズされ話題に。ほかの著作に『うちの作家は推理ができない』『占い師オリハシの嘘』がある。

占《うらな》い師《し》オリハシの嘘《うそ》2
偽《いつわ》りの罪状《ざいじょう》

2023年2月15日　第1刷発行　　定価はカバーに表示してあります

著者……なみあと

発行者……鈴木章一
発行所……株式会社 講談社
〒112-8001 東京都文京区音羽2-12-21
編集03-5395-3510
販売03-5395-5817
業務03-5395-3615

本文データ制作……講談社デジタル製作
印刷……株式会社ＫＰＳプロダクツ
製本……株式会社国宝社
カバー印刷……株式会社新藤慶昌堂
装丁フォーマット……ムシカゴグラフィクス
本文フォーマット……next door design

ISBN978-4-06-531105-9　N.D.C.913　278p　12cm

講談社
タイガ

なみあと

占い師オリハシの嘘

イラスト
美和野らぐ

カリスマ占い師の姉が失踪《しっそう》した。代役を頼まれた妹の折橋奏《おりはしかなで》は、悩みながらもほくそ笑む。占いの依頼は、魔女の呪いから千里眼を持つ教祖まで奇妙なものばかり。女子大生の奏を案じ、想い人の修二《しゅうじ》が代役期間は傍にいてくれるのだ。占いはできない——けれど、推理はできる。〝超常現象《オカルト》〟の原因を突き止めるべく、奏は奔《ほん》走《そう》するが。人知の力で神秘のベールを剝《は》がす、禁断のミステリー。

講談社タイガ

虚構推理シリーズ

城平 京

虚構推理

イラスト
片瀬茶柴

　巨大な鉄骨を手に街を徘徊《はいかい》するアイドルの都市伝説、鋼人七瀬《こうじんななせ》。人の身ながら、妖怪からもめ事の仲裁や解決を頼まれる『知恵の神』となった岩永琴《いわながこと》子《こ》と、とある妖怪の肉を食べたことにより、異能の力を手に入れた大学生の九郎《くろう》が、この怪異に立ち向かう。その方法とは、合理的な虚構の推理で都市伝説を滅する荒技で⁉
　驚きたければこれを読め――本格ミステリ大賞受賞の傑作推理！

講談社
タイガ

友麻 碧

水無月家の許嫁

十六歳の誕生日、本家の当主が迎えに来ました。

イラスト
花邑まい

水無月六花《みなづきりっか》は、最愛の父が死に際に残したひと言に生きる理由を見失う。だが十六歳の誕生日、本家当主と名乗る青年が現れると、〝許嫁《いいなずけ》〟の六花を迎えに来たと告げた。「僕はこんな、血の因縁《いんねん》でがんじがらめの婚姻であっても、恋はできると思っています」。彼の言葉に、六花はかすかな希望を見出す——。天女の末裔《まつえい》・水無月家。特殊な一族の宿命を背負い、二人は本当の恋を始める。

講談社
タイガ

友麻 碧

水無月家《みなづきけ》の許嫁《いいなずけ》2
輝夜姫《かぐやひめ》の恋煩《こいわずら》い

イラスト
花邑まい

水無月六花《みなづきりっか》が本家で暮らすようになって二ヵ月。初夏の風が吹く嵐山での穏やかな日々に心を癒《い》やしていく中で、六花は孤独から救い出してくれた許嫁《いいなずけ》の文也《ふみや》への恋心を募らせていた。だがある晩、文也の心は違うようだと気づいてしまい――。いずれ結婚する二人の、ままならない恋心。花嫁修行に幼馴染みの来訪、互いの両親の知られざる過去も明かされる中で、六花の身に危機が迫る。

講談社タイガ

綾里けいし

偏愛執事の悪魔ルポ

イラスト

バツムラアイコ

悪魔の夜助《やすけ》が心酔するのは、春風《はるかぜ》家の琴音《ことね》嬢。だが、夜助には悩みがある。琴音は天使のような人格ゆえに、実際に神からも天使候補と目されているのだ。愛する主人を守りたい、けれど未来の天敵を悪堕《あくお》ちさせたい。ジレンマに苦しみながらも夜助は、神からの試練として日々降りかかる事件に挑む琴音に、〝悪魔的〟に手を差し伸べる。悪魔と天使の推理がせめぎ合う、ラブコメ×ミステリー。

講談社
タイガ

小島 環

唐《から》国《くに》の検屍乙女

イラスト
006

引きこもりだった17歳の紅花《こうか》は姉の代理で検屍に赴いた先で、とんでもなく口の悪い美少年、九曜《くよう》と出会う。頭脳明晰で、死体をひと目で他殺と見破った彼と共に事件を追うが、道中で出会った容姿端麗で秀才の高官・天佑《てんゆう》にも突然求婚され!? 危険を厭《いと》わない紅花を気に入った九曜、紅花の芯の強さを見出してくれる天佑。一方、事件の末に紅花は自身のトラウマと向き合うことに――。

講談社
タイガ

石川宗生　小川一水　斜線堂有紀
伴名 練　宮内悠介

ifの世界線
改変歴史SFアンソロジー

イラスト
メト

　歴史は変えられる——物語ならば。石川宗生が描く、死ぬまで踊り続ける奇病が蔓延したイタリア。宮内悠介が描く、1965年に起きた世界初のSNS炎上事件。斜線堂有紀が描く、和歌を〝詠訳〟する平安時代。小川一水が描く、巨大な石壁が築かれた石の町、江戸。伴名練が描く、死の未来を回避し続けるジャンヌ・ダルク。色とりどりの〝if〟の世界に飛び込む、珠玉のSFアンソロジー。